太陽通り

ゾンネンアレー

トーマス・ブルスィヒ

浅井晶子 訳

三修社

レアンダー・ハウスマンへの感謝

一冊の本が出版されるにあたって、著者が感謝を捧げたいと思う人間はたくさんいる。そしてそれは個人的に、口頭でできることだ。けれどここに、感謝の言葉を印刷して捧げるにふさわしい人物がいる。彼と一緒に脚本を書いた際に生まれたたくさんのアイディアが、この本には取り入れられているからだ。ありがとう、レアンダー！

トーマス

両親ジグーネとジークフリート・ブルスィヒへ

太陽通り　目次

チャーチルの冷めた葉巻　6
罰を食らう　11
みんな口々に話す　37
ダンス教室三人組　52
五十西ドイツマルク不足　61
陶土か粘土か、それが問題だ　71
いいえ、わたしは悔やんじゃいない　90
アヴァンティ・ポポロ　104

もっと大きな心を　112
アジアの草原の下っぱロシアブーツ磨き　116
ジュテーム　124
乗っとり作戦あれこれ　135
ドイツはなぜ四分割されなかったか　148
ゾンネンアレーでの生と死　164
訳注　194
親愛なる日本の読者のみなさんへ　196
訳者あとがき　202

チャーチルの冷めた葉巻

人生で、人に自分の住所を明かす機会は数えきれないほどある。だから、ゾンネンアレー（太陽通り）という住所には、人を平和的な、それどころか感傷的な気分にさえする力があるということを、ベルリンのゾンネンアレーに住むミヒャエル・クッピシュは、何度も体験して知っていた。ミヒャエル・クッピシュの経験では、ゾンネンアレーの威力《いりょく》は、状況が不安定だったり、さらには緊迫していたり、まさにそんな瞬間に発揮される。敵意のかたまりのようなザクセン人でさえ、自分がいま話をしているのはゾンネンアレーに住むベルリン人だと知ると、ほとんど例外なく感じがよくなった。一九四五年夏のポツダム会談で、ヨシフ・スターリンとハリー・S・トルーマンとウィンストン・チャーチルが、かつての第三帝国の首都ベルリンをそれぞれの占領区に分割したときにも、ゾンネンアレーという名前が威力を発揮したにちがいない。ミヒャエル・クッピシュはそう想像していた。特にスターリンだ。独裁者や専制君主というのは、詩的な響きには宿命的に弱いと決まっている。だから、ゾンネンアレーなんていうきれいな名前の通りを、スターリンはアメリカ人には渡したくなかったんだ。少なくとも通りぜんぶは。それで彼はハリー・S・トルーマンにゾンネンアレーが欲しいと言いだす。そしてもちろん断られる。けれどスターリンはとことん食い下がり、いまにもつかみ合いが始まりそうになる。スターリンとトルーマンの鼻先がいまにも触れそうになったとき、イギリスの首相が間に割って入り、二人を引き離しておいて、自らベルリンの地図へと歩み寄る。そして一目で、ゾンネンアレーが四キロメートル以上の長い通りだということに気がつく。チャーチルは伝統的にアメリカ人の味方だ。だから部屋にいただれもが、彼がスターリンにゾンネンアレーを渡すなんてあり得ないと思っただろう。チャーチルはきっといつものように、葉巻を吸い、しばらくじっと考え込み、おもむろに煙を吐き出し、首を振るにちがいない。そして次の議題へ移ることだろう。ところが、チャーチルは彼の両切り葉巻に口をつけたとき、それがもう冷たくなってしまっていることに気づいて不機嫌になったんだ。スターリンは察しのいいやつで、彼にさっと火を差し出す。そこでチャーチルは葉巻を深々と吸いこむと、ベルリンの地図の上にかがみ、スターリンのこのジェスチャーにどうこたえてやるべきかと考える。そして再び煙を吐き出したとき、彼はスターリンにゾンネンアレーのはしっこ六十メートルを与えて、話題を変えたんだ。

きっとそうだったにちがいない、とミヒャエル・クッピシュは考えていた。でなきゃどうして、こんなに長い通りが、ほとんどはしっこのところでこんなに短くちょん切られてしまったりするんだ。そしてよくこんな風にも思った。もしもチャーチルの間抜け野郎が葉巻にちゃんと気をつけていたら、僕たちはいまごろ西側に住んでいたかもしれないのに。

ミヒャエル・クッピシュの周りには、とてもふつうとは思えないできごとが多すぎたので、彼はいつも納得がいく説明を求めて苦労していた。たとえば、自分は番地が三七九から始まる通り[1]に住んでいる。——そのことに、彼は毎回驚いてしまう。それに、家から通りに出ると西側の展望台から嘲笑《ちょうしょう》を浴びせられるという「毎日の屈辱」。これにも慣れることができない。西側の学校中の生徒がわめき、口笛を鳴らし、「見ろよ、本物のツォーニ（東ドイツの人への蔑称《べっしょう》）だ！」だの「ツォーニ、手振ってみろ、おまえのスナップ撮らせろ！」だのと叫ぶのだ。けれどそんな奇妙なこともぜんぶ吹き飛んでしまうくらいの、とんでもないできごとがあった。初めてもらったラブレターが風で死のゾーン[2]へ飛ばされ、そこに落ちたままになってしまったのだ。それも、彼がその手紙を読む前に。

ミヒャエル・クッピシュは（ある日を境に彼を突然ミーシャと呼び始めた彼の母を除けば）、みんなにミヒャと呼ばれていた。そして、なぜゾンネンアレーのはしっこが存在するのかに関しては持論があった。さらにそれだけではなくて、なぜ彼の時代が、ゾンネンアレーのはしっこの歴史の中で、後にも先にもいちばんおもしろい時代なのかに関しても、彼には持論があった。つまり、ゾンネンアレーのはしっこに建っているのは、狭苦しい部屋が並ぶあの伝説的なＱ３ａ建築のアパート[3]ばかりだ。こんなところに引っ越そうなどと考えるのは、いよいよひとつ屋根の下で一緒に暮らそうと希望に胸をふくらませた若い夫婦に限られている。けれど若夫婦にはすぐに子どもができる。そういうわけで、狭い家はさらに狭くなる。けれど広い家に引っ越すことなんて考えられない。なぜなら当局は部屋数だけを数えて、「生活水準優良」と宣告し、広い家は割りあててもらえないからだ。幸いなことに、これはほとんどどの家庭でも起きていたことなので、ミヒャが狭い家の中に耐えきれずに通りに飛び出していったとき、そこはだいたい同じ境遇の人たちだらけだった。そして、ゾンネンアレーのはしっこでは、ほとんどどこでもだいたい似たようなことが起きたので、ミヒャは自分がひとつの可能性のかけらのような気がした。友人たちが「俺たちは仲間だ」と言うところを、ミヒャは「俺たちは可能性だ」と言った。彼が実際何を言いたいのかは、彼自身にもよくわかっていなかった。けれど、みんなが同じQ3aの狭苦しい家で生まれたこと、毎日顔を合わせること、同じような服を着ていること、同じ音楽を聴くこと、同じあこがれを抱いていること、そして——大人になったあかつきには、なにもかも、なにもかもを変えてやるために——強くなっていく自分を日ごとにはっきりと感じていること、そういったことにはなにか意味があるような気がしてならなかった。そしてミヒャは、みんなが同じ女の子に恋をしているということを、希望の印だとさえ思っていた。

罰を食らう

彼らはいつもさびれた遊び場で落ち合った――彼ら自身が昔はここで遊ぶのにふさわしい年齢の子どもだったのだけれど、彼らの下にはもう子どもはいなかったのだ。世界中探したって、遊び場に行く、などと言える十五歳はいない。だから彼らは「広場をぶらつく」と言った。そのほうが、まるで破壊活動をしているみたいに響いて、ずっといい。そうして彼らは音楽を聴いた。いちばんのお気に入りは、禁止されている曲だった。新しい歌を持ってくるのはたいていミヒャだ。彼は「SFビート」（西ドイツのラジオ番組）から歌を録音するとすぐに広場で披露した。けれどそういう曲は、新しすぎてまだ禁止さえされていなかった。禁止されているとなると、その歌の価値はとてつもなく上がった。「ヒロシマ」は禁止されていたし、「ジュテーム」も禁止だった。ローリング・ストーンズは上から下までぜんぶ禁止されていた。禁止中の禁止は西ドイツのロックグループ「ワンダーランド」の「モスクワ・モスクワ」だった。だれが歌を禁止するのかはだれも知らなかった。もちろん、どういう理由で禁止になるのかなんて、知る由もなかった。

「モスクワ・モスクワ」は、いつも一種の自閉的なブルースエクスタシーに沈んで聴く――つまり、体を揺すり、目を細めて、歯で下唇をかみしめながら。重要なのは、最高のブルース・フィーリングを徹底的に追い求めること、それから、どれくらいそのフィーリングに浸っているかを隠さないことだった。音楽と自分の体の動き以外には何もない。そういうわけで、チクケイ（地区警官）がいつのまにか彼らの隣りに立っていることに、広場のみんなが気づいたときにはもう遅かった。しかもそれは、ミヒャの友だちマーリオが、「うわ、これは禁止だ！　完全に禁止だ！」と激しく叫んだまさにその瞬間だった。チクケイはレコーダーを切ると、勝ち誇って尋ねた。「何が禁止なんだ？」

マーリオはまったく無邪気にふるまった。「禁止？　どうして禁止なんですか？　いまだれか禁止って言ったんですか？」けれど彼はすぐに、これでは切り抜けられないだろうと気がついた。

「ああ、〈禁止〉のことですか」とミヒャがほっとしたように言う。「それだったら、若者の言葉なんです」

「〈禁止〉という表現は、未成年の話者が自身の感動を表現しようと欲する際に、若者言語において使用されます」とメガネが言った。メガネはたくさんの本を読破している。そのせいで目を悪くしたが、そのかいがあって、傲《ごう》慢にすらすらと長ったらしい文章を話すことができた。「すなわち〈禁止〉とは賛同の意を表現する言葉なのです」

「〈すごい〉とか〈最高〉みたいに」と、モジャがつけ加えた。彼は見た目がジミ・ヘンドリックスみたいなので、こう呼ばれている。

「若者言語においては、ほかにも〈いかす〉または〈しびれる〉などが好んで使用されます」と、メガネ。

「結局、ぜんぶ同じ意味なんです。〈かっこいい〉、〈いかす〉、〈すげえ〉、それから、――〈禁止〉」と、デブが説明した。みんなが一生懸命うなずき、チクケイが次になんと言うか待ちかまえた。

「君たち、わたしをバカにしているのかね」と彼は言った。「君たちが話していたのは、ドイツ連邦共和国（西ドイツ）の市民がなくしたパスポートを拾った場合、それを提出しないのは完全に禁止されているということではないのかね」

「いえ」とミヒャが言った。「ええと、つまり、はい。つまり、見つけたパスポートを提出しないのは完全に禁止だというのは、もちろん僕らみんな知っています。だけど、そのことを話していたんじゃないんです、おまわりさん」

「上級曹長だ！」チクケイは厳めしい調子でうんちくをたれ始めた。「わたしはおまわりさんではなく、上級曹長だ。これは下士官の階級名だ。まず軍曹、それから上級軍曹、曹長、それから上級曹長。しかし来週わたしは下級少尉になる。これは将校の階級だ」

「へえ、そうなんですか。おめでとうございます！」そもそもなんのために自分が広場にいるのか、チクケイが忘れてしまっていることにほっとしながら、ミヒャは言った。何が〈禁止〉なのか探り出す代わりに、チクケイは階級についてさらに熱弁をふるった。

「下級少尉の次には少尉、中尉、大尉、少佐、大佐。ぜんぶ将校の階級などだ」チクケイの機嫌がよくなってきたよりによってこの瞬間に、「階級など」という複数形を訂正しようとして息を吸いこんだメガネのわき腹に、ミヒャは一発食らわせた。

「それから将軍の階級などだ。少将、中将、大将、上級大将。何か気づいたことは？」

「すごくたくさんの階級などがあります」モジャが言った。仲間と同様、彼も階級には興味がない。「だけどあなたの階級はまだだいぶん下のほうみたいですね」

「これから出世が待ってるってことですよね」。デブが、モジャの意見を取り入れ、それをもう少し感じよくまとめ直した。

「そうじゃあない！　もっと注意深く聞いていたら、君たちも自然に気がついたはずなんだが、将校の場合はLeutnant《少尉》はMajor《少佐》よりずっと下の階級なのに、これが将軍になると、Generalleutnant《中将》のほうがGeneralmajor《少将》より上になるんだ」

「どうしてそんな風になっちゃうんですか?」疑わしげな目つきでマーリオがきいた。

「後なる者先になるべし」と、メガネ。「これは聖書の……」。けれどここでミヒャがもう一発わき腹に食らわせたので、メガネはそれ以上話せなかった。

「来週わたしは下級少尉になる。そうしたら、この地区では徹底的な処置をとる」チクケイは決然とそう言った。「もし君たちのうちのだれかがドイツ連邦共和国市民のパスポートを見つけたら、わたしに提出するように。わかったかね?」

「その人は、そのドイツ連邦共和国市民は、なんて名前なんですか?」またしても正確を期そうとメガネが尋ねた。

「もちろん、どんなパスポートでも、見つけたらわたしに提出するように。だけど、いま行方不明のパスポートはヘレーネ・ルンペルという女性のものだ。さあ、ドイツ連邦共和国市民の名前は？」

「ヘレーネ・ルンペル」マーリオが答えた。マーリオは仲間の中でいちばん髪が長いせいで、いちばん反抗的だと見なされている。だから、マーリオがチクケイに行儀よく答えたことで、チクケイはこの広場で勝利を収めた気分になれた。

「そのとおり。ルンペル、ヘレーネ」チクケイはそうくりかえし、少年たちはうなずいた。ここでチクケイは立ち去ろうとした。けれど三歩行ったところで、まだ何かあったことに気がついて、きびすを返した。

「ところでさっきのあの歌はなんだ？」彼は獲物をねらうオオカミのようにそう尋ねると、レコーダーのスタートボタンを探した。再び「モスクワ・モスクワ」が流れ始めた。ミヒャの心臓は凍りついた。禁止中の禁止曲！　チクケイはじっと耳を傾けていたが、やがてわけ知り顔でうなずいた。

「だれのテープだね？」彼は尋ねた。「え？　いったいだれのカセットなんだ？」

「実は、僕のです」ミヒャが答えた。

「なるほど！　じゃあとりあえずわたしがあずかっておく。実はわたしも音楽をかけるのが大好きでね。同僚たちの集まりで」。その光景を想像して、ミヒャは恐怖のあまり思わず目をつぶった。そんな彼の耳に、チクケイが帰り際に機嫌よく残した言葉がこだました。「なあ、君たち。まさかわたしがこんな趣味を持っているとは思わなかっただろう。な？」

一週間後、チクケイは上級曹長から下級少尉に昇進する代わりに、曹長に降格された。そして、毎回ミヒャに身分証明書の提示を求めるというやり方で、彼をいじめ始めた。ミヒャが彼と出くわすといつでも、こう声がかかるのだ。「こんにちは、ホーケフェルト曹長です。捜査中です。身分証明書を見せてください」

はじめのうちミヒャは「捜査中」という言葉をすっかり真に受けて、「モスクワ・モスクワ」を聴くような人間は、遅かれ早かれ捜査リストに上るのだと思った。後でわかったことなのだが、チクケイは同僚たちの前で本当に「モスクワ・モスクワ」をかけたのだった。それも、どうやら警察の昇進祝賀大パーティーで。「モスクワ・モスクワ」は言語道断の禁止曲なので、パーティー会場では一大スキャンダルになったにちがいない。ミヒャにはその場面が目に浮かぶようだった。警視総監自らが飛び出して警棒でスピーカーをたたきのめし、内務大臣が拳銃を取り出し、歌の途中でカセットレコーダーに向かって発射する。そしてこの二人は、左右から同時にチクケイのもらったばかりの真新しい下級少尉の肩章を再び引きはがす。と、こんな感じだったんだろう――もっとひどくなければの話だけど――と、チクケイがミヒャの身分証明書を検査するときの怒りに満ちた態度を何度も体験するうちに、ミヒャは推測した。

もしもチクケイが「モスクワ・モスクワ」のカセットを取り上げたりしなければ、ミヒャが初めてもらったラブレターが死のゾーンに飛んでいってしまうこともなかったはずだ。この事件は複雑で、簡単に説明できることではないが、広い意味で「モスクワ・モスクワ」に関係があることはたしかだ。ミヒャには、そもそもその手紙が自分あてだったかどうかさえわからなかったし、それが、彼がぜひともラブレターをもらいたいと思っている女の子からだったかどうかも、わからなかった。

彼女の名前はミリアム。隣りのクラスにいる。学校でいちばんの美女であることは、ぜったいにまちがいがない。(ミヒャにとってはもちろん「世界で」いちばんの美女でもあるわけだが。) ミリアムはゾンネンアレーの「事件」だった。彼女が通りへ一歩踏み出すと、あたりの空気ががらりと変わる。道路工事の作業員はエアハンマーをとり落とし、国境の検問所から来た西側の自動車は停車して、通りを渡るミリアムのために道を譲る。死のゾーンの監視塔では国境警備兵が望遠鏡の位置をぐるりと変え、西側の高校生の展望台からの嘲笑はぴたりとやんで、畏敬の念を持ったささやきが取って代わる。

ミヒャやマーリオたちが通う学校にミリアムが転校してきてから、まだ日が浅い。ミリアムについてはっきりしたことはだれも知らなかった。だれにとってもミリアムは、見知らぬ、美しい、なぞめいた女だった。厳密に言うとミリアムは私生児だったのだが、そのこともだれも知らなかった。ミリアムが私生児だったのは、彼女の父親が車を運転しているとき、まちがえて一本手前で道を曲がってしまったせいだ。彼は戸籍役場へ行くところだった。そこで当時妊娠八か月だったミリアムの母親と落ちあうことになっていた。ベルリンで結婚式を挙げるはずだったが、ミリアムの父親はベルリンのことはほとんど知らなかった。彼はデッサウからやって来て、まちがってアドラーゲシュテル通りを曲がり、バウムシューレン通りを走って、気がつくと彼のトラバント（東ドイツの代表的な小型自動車）はゾンネンアレーの国境検問所に立っていた。自分が国境にいるなんてまったくわかっていなかったので、彼は大声でわめきちらし、車から降り、興奮して駆けずり回った。「ここを通らせろ！」と彼はくりかえし叫んだ。車がこういう国境検問所に迷いこむのはよくあることで、たいていはたいした騒ぎにもならずに元の場所に送り返される。けれどミリアムの短気な父親はあまりに興奮してけんか腰だったので、国境監視員は彼と徹底的にやりあうことになった。彼は長い時間尋問され、戸籍役場の予約時間に間に合わなくなり、次の新しい予約が取れる前にミリアムが生まれてしまった。そういうわけでミリアムは私生児だったのだ。

　弟が生まれたころには、両親がいずれ別れるだろうと、ミリアムにははっきりわかっていた。ミリアムの父親は頭がいかれていて、家からしめ出されると、ドアをけやぶって入ってくるか、そうでなければ通りに出て派手にわめきちらしたので、ミリアムも彼女の母親も、近所の手前とても恥ずかしい思いをした。ミリアムの両親がついに別れたとき、母親は頭のおかしい父親にうるさくつきまとわれたりせずに、安心して暮らしたかった——そういうわけで彼女はゾンネンアレーのはしっこに越してきたのだ。ミリアムの父親はこの地域を用心深く避けるはずだという母親の読みは正しかった。

　それが子どもであれ大人であれ、男というものに対するミリアムの態度はまったく不可解だった。メガネが言うには、両親が離婚して性格がゆがんだ子どもはだれでもふつうあんな風なのだそうだ。つまり、用心深くて、目的意識がなく、悲観的。彼女が家から出てくるちょうどその瞬間に、一台のバイクが走り寄る。彼女はそれにまたがる。そんな光景がよく目撃されていた。そのマシンというのはアーヴォ（東ドイツ製バイク）で、つまりあの名バイクだ。アーヴォは東側全体で唯一の四サイクルエンジン車で、そのうえ六十年代初頭以来もう生産されていなかったから、ますます希少価値だった。ミリアムがアーヴォにまたがることで、彼女は住む世界が違うんだと広場のみんなにははっきりとわかった。ミヒャもマーリオもメガネもデブも、バイクどころかモペットさえ持っていなかったからだ。モジャだけが折りたたみ式自転車を持っていた。それに、たとえ彼らのうちだれかがモペットか、さらにはバイクを持っていたとしても、せいぜいダダダっと押しつけがましい音をたてる二サイクルエンジンだっただろう。一応は二気筒の三五〇ccヤワ（チェコ製バイク）でさえ、アーヴォの低くて渋い音には近寄れもしない。アーヴォのサウンドには、なにか有無を言わせぬ威力があった。

家の前でバイクがうなるのを聞くと、ミリアムは飛び出してきて、運転している男に素早いキスであいさつし――そして走り去る。いつもバイク用のめがねをかけているので、このアーヴォライダーの顔は広場のだれも目にしたことがなかった。

「彼氏なんかじゃないかもしれない」ある日ミヒャはそう言った。「もしかして、ただの……」

けれど、世界一の美女を毎日迎えに来て、キスのあいさつを受け、それでも彼女の恋人ではない男とはいったい何者なのか、ミヒャには思いつかなかった。

「もしかして、ただの叔父さんとか」マーリオがバカにしたように言った。マーリオだってミリアムに入れこんでいたけれど、ミヒャと違って彼はミリアムを理想の女神に仕立て上げたりはしていなかった。「ミリアムとつきあいたいの、それとも崇拝したいの？」と、マーリオはミヒャにきいたことがある。ミヒャはありのままに答えた。「とにかくまずは崇拝したいだけなんだ」――「へえ、まずは、ね。そしたら、まずは、の次は？」とマーリオがきく。「次は……次は彼女のために死にたい」とミヒャは答えた。ただ崇拝するだけで、その次は気高くも彼女のために死にたいだなんて、女の子とつきあうには道のりはまだまだ遠い。そう思ってミヒャは悲しくなった。

　何週間も何か月も、ミヒャはミリアムに話しかけることができなかった。たとえば給食の時間、彼女がいつのまにか彼の前に並んでいるとかいった、チャンス到来、というときになると、彼はこっそり退散してしまうのだ。

　けれどミヒャは、ミリアムの弟を通じてとにかくあらゆる情報を手に入れようとした。ミリアムにほれこんでいる連中はみんな――そしてそれは上級学年の男子全員なのだが――ミリアムの弟から彼女のことを根掘り葉掘り聞き出そうとしていた。ミリアムの弟はまだ十歳だったけれど、自分の情報にどれだけの価値があるのかを正確に把握していて、情報料の支払いまで求めた。それも、「マッチボックス」ブランドのミニカーでの支払いだ。だれかが彼からミリアムのことをきき出そうとすると、彼はまずこう質問する。「マッチ、ある？」この話はあっという間に広まり、上級学年の生徒たちはみんなマッチボックス・ミニカーのエキスパートになった。西側に住む彼らの親戚だけは、どうして十五歳、十六歳の少年がクリスマスプレゼントにランボルギーニ・カウンタックやロード・ドラッグスターを欲しがるのかと首をひねった。というのも、ミリアムの弟はどんな車でも受け取るというわけではなかったからだ。一度メガネが彼にカエルのような緑色のつまらないケネルトラックをつかませようとしたときには、彼は情報の提供を拒否した。ミニカーはマセラッティかモンテヴェルディ・ハイのクラスで、それも文句なしにスプリングがきいていなければならないのだ。

さらにほかの点でもミリアムの弟は特権を持っていた。つまり、だれも彼に手を出せなかったのだ。同い年の連中から殴られそうなときは年上の救援をあてにすることができたし、年上の連中も、どんなに彼が図々しいことをしようと、手を出さなかった。ミリアムの弟はミリアム自身と同じくらい侵しがたい存在だった。

一度だけ、完全にせっぱつまった状況で、ミヒャはミリアムの気を引こうとしたことがある。

「せっぱつまった状況」というのは、ミヒャが討論会で演説をするという罰を食らったことを指す。学校の広間に大文字で書かれて燦然《さんぜん》と輝く「党は労働者階級の前衛部隊だ！」という標語がある。ミヒャの友だちマーリオが、この標語の適切な場所にAの文字をつけ加え、VORHUT《前衛部隊》をVORHAUT《陰茎の包皮》にしてしまった。彼はそれで密告された。だれのことでも密告する告げ口女というのはどこにでもいる。残念なことにマーリオはいわゆるブラックリストに載っていた。「今度こんなことがあったら、おしまいだぞ」と言われたのは前回だったが、そのときはただタバコを吸っているところを見つかったにすぎなかった。そして今回、彼はおしまいだった——それがどういう意味であれ。マーリオは大学に行くか、最低でも自動車整備工の実習生になりたかった。それなのに、一夜にして彼の前にはコンクリート工事の作業員、かんな工、変圧器の専門工としてのキャリアが開けてしまったのだ。そこで、マーリオの友だちとしてミヒャがこのAの文字を引き受けることにした。もしかしたら、ちょうど学校で友情をテーマにしたシラーの「人質」を読んだばかりだったことも一役かったかもしれない。けれどなによりミヒャは、大胆不敵な行為を実行したという名声を勝ち得たかった。赤い標語の適切な場所にAの文字、これはまぎれもなく大胆不敵な行為だ。けれど残念なことにマーリオもミヒャも、その標語がレーニンに由来するということを知らなかった。犯罪者の首にかけられる縄は次のようになわれていた。すなわち、レーニンを侮辱する者は党を侮辱する者である。党を侮辱する者はドイツ民主共和国（東ドイツ）を侮辱する者である。ドイツ民主共和国を侮辱する者は平和に敵対する者である。平和に敵対する者は撲滅《ぼくめつ》されねばならない――そして見てのとおり、ミヒャはレーニンを侮辱したのである。そういうわけで彼は校長から――彼女はエルトムーテ・レッフェリングというひどい響きの名前のせいで苦労している――討論会での演説という罰を食らった。

討論会での演説というのは、本来なら真の栄誉のはずなのだけれど、実際には真の罰だった。討論会で演説したいなんて生徒はだれ一人いなかった。みんなが口実をつくって言い逃れをした。この際に大切なのは、本当はやりたくてしかたがないのですが、誠にもって残念ながら、事情があってできないのです、という風に聞こえることだった。「たくさんの人の前ではあがってしまうんです」「もっとふさわしい人がいるはずです」「演説するのにふさわしい尊厳のある話を思いつきません」「演説は下手なんです」「準備する時間がありません。母が病気なもので」「去年もう演説させていただきました」「あまりにかすれ声なので」などなど。けれどミヒャは言い逃れできなかった。彼は罪に汚れし者であり、改悛《かいしゅん》の情を見せなければならなかったのだ。討論会での彼の演説のテーマは「マルクス・レーニン主義の巨匠からの引用が今日我々に意味するもの」に決められた。それまでミリアムはミヒャとはまったく接点がなかった。ミリアムがよりによってこの演説で初めてミヒャを知ることになったら、彼女にとってミヒャは「赤い演説をぶったやつ」になってしまう。それが彼には心配だった。その前になんとか彼女に自分を印象づけなくてはならない。「せっぱつまった状況」というのは、そういうことだった。

彼に残された時間は二週間。そしてこの二週間の間には、スクールディスコがあった。スクールディスコというのは、成績が悪すぎてとてもはめなんてはずせないという生徒が出ないうちに、つまり毎学年の第一週目に催された。それなのに盛り上がったことは一度もない。このディスコは九時に終わってしまうし、講堂が本物のディスコみたいに暗くなるのは最後の三十分だけだったからだ。それでも、ミヒャはこのスクールディスコを、ミリアムに自分を印象づけるたったひとつのよい機会だと思った。

けれどももちろん、スクールディスコは最悪の機会だった。上級学年の男子生徒は全員参加していて、全員がだいたい同じことを考えていた。それなのにたった一人来ていないのがミリアムだった。ミヒャとマーリオとモジャとメガネとデブが退屈のあまりコーラのびんに貼ってあるラベルをはがしてしまったころに、やっとミリアムはやって来た。彼女は友だちの横に腰を下ろし、二人はまるで十年ぶりに再会したみたいにすごい勢いでおしゃべりを始めた。このミリアムの友だちは陰で「榴散弾《りゅうさんだん》」と呼ばれていた。これは口の悪いだれかが、彼女の顔は榴散弾で爆破された跡にちがいないと言い出したからだ。自分と二人一組で彼女たちのところへ行って、榴散弾と踊ることを引き受けてくれるやつを見つけるなんてぜったいに無理だとミヒャにはわかっていた。マーリオでさえ嫌がったのだ。ミリアムがやって来て榴散弾の横に座るずっと前、彼はミヒャに言った。「俺がおまえに借りがあるのはわかってるよ。だけどあれと踊るのだけは勘弁してくれ」

ミヒャに残された手段はただひとつ、勇気を奮い起こして男としての使命を全うすることだった。休憩時間、新しい曲が始まる前に、ミヒャは立ち上がり、ディスコを横切る無限の道のりを踏破した。そして次の曲の最初の音が聞こえた瞬間、彼はミリアムに尋ねた。「踊んない？」無造作な、さりげない感じが出るように、最大限の努力を払ったつもりだった。けれど次の瞬間骨の髄まで衝撃が走って、ミヒャは自分がとことん情けないことをしでかして恥をさらしたことを悟った——かかった歌は最悪の部類の東側の歌だったのだ。最低の、この世で最悪のチェコアクセント。瞬く間にダンスフロアーは空になった。ミリアムと榴散弾はけたたましいおしゃべりを一瞬中断して、横目で盗み見るようにミヒャを観察し、その後ぷっと吹き出した。学校中がこの醜態の証人だった。ミヒャは凍ったように立ち尽くし、そんな彼など存在しないかのように、ミリアムと榴散弾はまたしてもけたたましくおしゃべりを始めた。こうして彼は再びディスコを横切って元の位置に戻った。学校中がぽかんとして彼を見つめた。モジャがひとこと「勇気あるよな」と言った。みんなの気持ちを代弁する言葉だった。ミヒャはミリアムをダンスに誘う勇気のあった最初の人間だったのだ。

それきりミヒャは魂が抜けたようにいすに座っていた。そのとき突然、何かが起こった――あたりに不穏な空気が流れた。マーリオは茫然《ぼうぜん》自失のミヒャの目をさまそうと突っつき、メガネはめがねをはずして神経質にレンズを磨き、デブの下あごはがくんと垂れ下がった。「まさか、そんなことが」。ミリアムが踊っていた。榴散弾とではない。ミリアムはどこかのだれかと踊っていた。だれもその男を知らなかった。その男は友だちと数人でふらりとやって来て、ミリアムを誘ったのだ。そしてその男の友だちはほかの女の子を、それもきれいな子ばかりを誘って踊り始めた。しかも曲はスローテンポだった。スローテンポの、長い曲。そのものずばりスローテンポの長い曲だ。この曲で踊るという幸運に恵まれた者は、そのことを生涯決して忘れないだろうし、その後は人類を、この幸運を味わった者とそうでない者とに分類するようになるだろう。前者は神の恩寵《ちょう》を受けた者、啓示を与えられた者。後者は哀れな生き物、運命に見捨てられ、この宇宙的な体験をせずに終わった者だ。

ミリアムはその見知らぬ男と踊るだけではなかった。彼女はその男といちゃつき始めた。しかも熱烈に。ミヒャはそれを見た。仲間もそれを見た。みんなが見ていた。そのとき突然明かりがついた。エルトムーテ・レッフェリングが講堂に仁王立ちしていた。いちゃつき男が着ていたのは、ジョン・F・ケネディー・ギムナジウムのTシャツだった。つまりミリアムは西ベルリン人といちゃついていたのだ。エルトムーテ・レッフェリングは怒り狂って大騒ぎをした。その西ベルリン人はその場で追放、ミリアムは討論会での演説の罰を食らった。こうしてミヒャは、一躍時の人となった。

それからの数日、九年生と十年生[4]の男子生徒全員が憑《つ》かれたように行動を開始した。目的はただひとつ。みんなが自分も討論会での演説の罰を食らいたかったのだ。けれどその試みはぜんぶ、最初から失敗を運命づけられていた。いけにえの子ヤギ二匹で、必要な演説者数はすでに確保されていたからだ。つまりこういうことだ。学校で自由ドイツ青年同盟[5]の代表を選ぶ選挙が行われるときには、いつも地区指導部から職業的に青年をやっている人たち（つまり青年同盟の幹部である大人たち）がやって来る。だから、もしそこでの演説が、「わたしは過ちを犯しました。これからよくなると誓います」というような自己批判ばかりだったら、彼らはこの学校全体が無秩序なだらしない人間の集まりなのだと思ってしまうだろう。

それでも数日間は、ふつうだったらだれでも演説の罰を食らっただろうというできごとが相次いだ。モジャは物理の時間に、原子爆弾爆発の際の三つの反応法則について質問され、こう答えた。「一、一生に一度の機会なのでよく見ること。二、伏せていちばん近い墓地まで匍《ほ》匐《ふく》前進。三、ただしパニックにならないように、ゆっくりと」。彼は成績に最低点の五をつけられたけれど、演説の罰は食らわなかった。マーリオは体育の時間の手榴弾投げで、四メートルしか投げなかった。これは平和主義的な行いではあったけれど、マーリオはより男らしい体をつくるためにうで立てふせを五十回、そのうち十回は手をたたきながらするという罰を食らった。けれど彼も演説の罰は食らわなかった。デブは旗を支える台をいじっているところをわざと見つかった。旗を取り外すのはほとんどテロ行為なのだが、デブの罰は建国記念日の十月七日に「のぼり」と呼ばれる大きな旗を持つ役目を果たすことだけだった。けれど十月七日は大雨だったので、これは本当にきつい罰になった。ほかのみんながほんの少しだけ姿を見せて、あっという間に消えてしまったというのに、デブはのぼりを持っているせいでそう簡単に姿を消すわけにはいかなかった。おまけに、それでなくても重いのぼりは、雨に濡れてもっと重くなった。重すぎて風にはためくこともなくぐったりと垂れ下がったのぼりを支えなければならないとなると、旗手にとってはテコの原理が難しくなる。ぐっしょり濡れたのぼりをエンブレムがよく見えるように掲げ続けるのは、デブにとって真の力技だった。

そういうわけでミヒャはあいかわらず、演説の罰を食らったただ一人の人間だった。もちろんミリアムを除いて。

二人の出会いは暗闇の中、講堂の舞台裏だった。ミリアムはいつものように遅刻し、集会はもうだいぶ前に始まっていた。例の告げ口女が、パーセンテージを連発してえんえんと計算報告を続けていた。出てくる数字は多かれ少なかれはっきりと百パーセントを超えている。百パーセントをわずかに下回る報告もたまにあった。告げ口女はすべてをパーセンテージで把握することができるのだった。ロシア語の成績、三年、十年、二十五年の兵役の事前確約、連帯寄付金、自由ドイツ青年同盟とドイツ＝ソヴィエト友好協会とドイツ体操スポーツ連合とスポーツ技術協会の会員数、修学旅行、集団労働奉仕、明日のマイスターたちのメッセ、図書館利用者数……。告げ口女が、休み時間に支給される牛乳を飲んでいる生徒の数をパーセントで報告し始めたころ（「第九学年の生徒の十七・四パーセントが乳脂肪率二・八パーセントの全乳を飲んでいますが、これは二・二パーセントの増加であり……」）、最初の数人が眠り出した。この演説を聞きながら睡魔と闘わずにすんだただ一人の人間、それがミヒャだった——彼は舞台の裏で待っていたのだ。

そしてミリアムがやって来た。くすくす笑いながら、自由ドイツ青年同盟のシャツも着ずに。そしてささやいた。「やだ、遅刻、遅刻。わたしここに来ればよかったのよね?」ミヒャはすっかり心を奪われて、君はどこに来たっていいんだ、と言いたかった。けれど緊張のあまりほとんどしゃべることができず、「うん、そうだよ」とささやいただけだった。そこは暗くて狭かった。彼女にこんなに接近したことはなかった。ミリアムは一瞬ミヒャを見つめると、くるりと背を向けてTシャツを脱いだ。彼女は下に何も付けていなかった。「見ないでよ!」と言って彼女はくすくす笑い、ミヒャは魔法にかかったように呼吸をするのも忘れてしまった。ミリアムは自由ドイツ青年同盟のブラウスを袋から取り出して、さっとはおった。そしてボタンをぜんぶかけないうちに、ミヒャのほうを振り返った。ミヒャは相変わらず金縛りにあっていた。

「それで」とミリアムがささやいた。「あんたもなんかやらかしたの?」

「え?」彼女が何を言っているのかわからなくて、ミヒャはきき返した。

「だから、なんかしでかしたから食らっちゃったんでしょ」

「あ、うん、もちろん!」と彼は言ったが、その声はいつのまにかささやき声ではなくなり、講堂中のだれもが少し耳をそばだてていれば聞こえてしまうくらいの大きさになっていた。

「レーニンを攻撃したんだ。それから労働者階級と党も。どんなことになったか、想像つくだろ」

ミヒャが自分を印象づけようとすればするほど、ミリアムは退屈そうなそぶりを見せた。

「ものすごおおい騒ぎになったんだ。それだけじゃないんだぜ、やつらはほとんどオレのこと……」

「西側の人のキスってぜんぜん違うの」。ミヒャの話をさえぎって、彼女はうっとりした声で言った。ミヒャは息を呑んで黙りこんだ。「だれかに一度教えてあげたいくらい」くすくす笑いながら彼女はそうささやき、それから笑うのをやめた――まるで、ちょうど何か思いついたみたいに。彼女が何を思いついたのか、ミヒャには予感があった。舞台の裏は本当に狭くて、ミヒャはもう一歩も後ずさりできない。暗がりで彼はミリアムのふっくらした唇が濡れたように輝いているのを見た。彼女はゆっくりとミヒャに近づく。ミヒャは自由ドイツ青年同盟のブラウスの下で二つの魅惑的に豊かな胸が上がったり下がったりするのを感じ、彼女の柔らかな花のような香りを吸いこんだ。彼は目を閉じてこう思った。だれも信じちゃくれないだろうな……。

よりによってこの瞬間、告げ口女の演説が終わり、ミリアムが演説台に呼ばれた。舞台裏はたしかに暗かったけれど、ミヒャのがっかりしたまなざしにミリアムが気づかないほどではなかった。「いつか教えてあげる！」彼女はそう言って最後の忍び笑いをもらし、舞台へ出ると演説を始めた。演説で彼女は、三年間の兵役に就く男性を特に男らしいと思うと告白した。そんな男性になら、もちろんわたしも三年間忠実でいます。エルトムーテ・レッフェリングが好意的にうなずいた。ミリアムが背で中指を十字に交差[6]させたのを見たのは、ミヒャだけだった。

舞台裏でのミリアムからの「もうちょっとでキス」事件に、ミヒャはあまりに有頂天になり、彼の演説は最初の数行であらかじめ用意してあった原稿からわきへそれていった。「親愛なる自由ドイツ青年同盟のみなさん、僕は今日、科学的世界観を持った理論家たちの著書における知識の意味について話したいと思います。彼らの思想は、偉大な、不滅の、愛、に貫かれているのです」。――愛、という言葉を口にした瞬間、彼の瞳《ひとみ》は輝き始め、恍惚《こうこつ》の境地ですっかり自制心を失ってしまった。「彼らを強く、不屈にした愛、彼らを閉じこもっていた繭《まゆ》からちょうのように羽化させた愛、自由に、幸福に、このすばらしい世界をはばたくため、かぐわしい花々が美しい色に咲き乱れる、すてきな野原を……」。デブが心配そうにあたりを見回して、小声で聞いた。「だれかがメシに一服盛ったのかな？」マーリオがささやき返す。「だとしたら、俺も一服盛られてみたいよ」

ミヒャの恍惚《こうこつ》状態の結果、エルトムーテ・レッフェリングは演説後の短いあいさつで「革命家は情熱的であってよいのでしょうか？」という問いを立てた。そして、その問いに自分でこう答えた。「そうです、革命家はまた情熱的であってもよいのです」

マーリオがミヒャを押さえつけなくてはならなかった。さもなければ彼は飛び上がり、目をきらきらさせて会場に向かって叫んだことだろう。「そうです！　そうなんです！　僕たちももっと情熱的になろうじゃないですか！」

集会が終わると、ミヒャはミリアムに近づいて、だれにも聞こえないように言った。「君が演説のとき、指を十字にしたの、見たよ」

「ほんと？」ミリアムは答えた。「それなら、わたしたち共通の秘密を持ってるってことね」。そう言うと彼女はミヒャを置き去りにして、出口へと走っていった。

ミヒャはアーヴォのエンジンがうなるのを聞いたような気がした。彼は急いでミリアムの後を追った。けれど彼が見たのは、彼女がアーヴォの後ろに乗って消えていく姿だけだった。

それでも彼の上機嫌は変わらなかった。チクケイに身分証明書を検査されてもまだ、ミヒャは上機嫌だった。

あの子は僕にキスするって言った。あの子は僕にキスするって言った。家に帰る道すがらずっと、彼は心の中で歓声を上げた。けれど、母親が台所の窓から自分を見ていることを知っていたので、なんでもないふりを装った。

みんな口々に話す

ミヒャの母の名前はドーリスだ。彼女はよく自分で「わたしがなにもかも仕切ってるのよ！」と主張して喜んでいたが、実際そのとおりだった。「なにもかも」の中にはミヒャの兄ベルントと姉ザビーネも含まれていた。

ベルントは軍隊にいるのだが、本当はもうあと一歩で兵役を避けて通ることができるところだった。彼の誕生日はとても妙な日だ。二月の二十九日。けれど軍隊では二月は毎年二十八日までと決まっているらしい。というのも、ベルントは徴兵検査への呼び出しを受けなかったのだ。いついつに生まれた者は全員徴兵検査を受けること、という告示が新聞に出たとき、ベルントはそれをあっさり無視しようとした。「だれも俺に新聞を毎日読めなんて要求できないだろ！　もしかしたらみんな俺のことなんか気づかずに、忘れてくれるかもしれないじゃないか」。当時彼はそう言ったものだ。「一生ばれやしないよ！」当時からすでに心配性だったクッピシュ夫人は「そういうことはぜったいばれるものなのよ！」と言った。

こうして結局ベルントは軍管区司令部へと出向いた。徴兵検査委員会の前で彼は新聞を広げてこう言った。「こんにちは。広告を見て来たんですが」。徴兵検査委員会の将校たちは、この冗談を少しもおもしろいとは思ってくれなかった。彼らは「冗談やめ！」と命令すると、ベルントを怒鳴りつけた。「ここではすべてが違った基準で動いているのである！　あらゆる点で違うだけでなく、すべてのあらゆる点で違うのである」。将校たちは「プロレタリアートどくさーい！」と言ってベルントを脅した。そして彼らは、いずれにしてもベルントの態度はすでに許容限度すれすれだと判断した。「単なる許容限度ではなく、最上級許容限度を超えつつある」

ベルントは徴兵検査から戻って来ると、「やつらすごく変なしゃべり方だった」とだけ言った。けれど実際に軍隊に行ってみると、彼もやはりおかしな話し方をするようになった。彼が休暇で家に戻ると、クッピシュ家のみんなは彼のまったく新しい一面を知ることになる。彼はもう「晩メシはいつ？」とはきかず、「まもなく食事に取りかかるのでしょうか？」と言った。それから、劇場はどうだった、ときかれた場合の彼の答えはだいたい次のようなものだ。「観客席への入場後、わたしは第八列目に位置を取りました。特別な報告事項なし」。もちろん家族はみんな落ち着かない気分になったけれど、本人には気づかれないようにした。そのうちもとどおりになる、いまだけだ、とみんなが思っていた。

ベルントが軍隊に行ったというのに、狭い家はあいかわらず狭かった。家ではくつろげない、とミヒャは思っていた。クッピシュ氏は市電の運転手で、しょっちゅう夜みんなが寝ている時間に起きなくてはならなかった。そうすると、薄い壁の向こうで、一人の人間が一日を始めるときにたてる音が、ミヒャにはすべて聞こえてきた。市電の運転手であるクッピシュ氏の勤務時間は不規則だったので、父親がいつ仕事を終えて家に帰ってくるのか、ミヒャにはまったくわからなかった。これとは逆に、メガネの父親はエンジニアで、毎日五時五分前きっかりに家に帰ってきた。ミヒャの目にはこれは天国のような情景だった。それにメガネには兄弟もいなかった。逆にミヒャには、兄のベルントのほかにザビーネという姉までいた。ザビーネは特定の彼氏を持つ年頃になっていて、しょっちゅう彼氏を家に連れてきた。けれどもザビーネは、どうやら特定の彼氏の原則をきちんと理解していないようだった——彼女にはいつも違う特定の彼氏がいたのだ。ミヒャはその彼氏たちの名前さえおぼえていなかったので、いつも「ザビーネのいまの彼氏」と呼んだ。ザビーネは「いまの彼氏」をその都度とても愛していたので、いつもその彼を熱心に見習おうとしていた。彼女は一度、入党申請書を書いている現場をクッピシュ氏に取り押さえられたことがある。クッピシュ氏は髪が天井まで逆立つほど腹を立てたが（狭い家のことだから、天井まで髪が逆立ったところでたいしたことはないのだけれど）、ザビーネは言い訳するようにいまの彼氏を指して「でも彼も党員なの！」と言った。

「それに僕が保証人になります」と、彼女のいまの彼氏は誇らしげに明言した。「そうだよね、僕が君の保証人になるんだよね！」

ザビーネは期待に胸をふくらませてうなずいたが、クッピシュ氏はザビーネからさっさと入党申請書を取り上げて、小さく折りたたむと、ぐらぐらしている机の下にはさんでしまい、この話に片をつけた。

家はとても狭かったにもかかわらず、大きな安楽いすがひとつ陣取っていた。まるで玉座のようにどっしりとした、ほおもたれつきの安楽いすで、丸いふっくらしたひじ掛けがあり、スプリングは深々として魅惑的だった。この安楽いすは、西側に住むハインツ伯父さんの指定席だ。ハインツ伯父さんはこのいすの座り心地を気に入っているようで、その証拠にしょっちゅう訪ねてきた。そしてこの安楽いすの意義と目的は、そこにあった。

クッピシュ氏の読む新聞はベルリン新聞で、新ドイツ新聞ではない。かたや地方記事が満載で広告ページのある小新聞、かたや党の「中央機関紙」だ。どの新聞にも、基本的に新ドイツ新聞に前日載ったのと同じ記事が載ることをかぎつけたクッピシュ夫人は、新ドイツ新聞に替えるように夫を説得しようとした。けれどクッピシュ氏は首を縦に振らなかった。「あんなクズを読んでまで急ぐこたあない！」

「でもお隣りの人も新ドイツ新聞じゃないの！」とクッピシュ夫人は言った。「だからそんなに悪くないはずよ」

「あいつはシュタージ[7]だぞ！」とクッピシュ氏。

「そうしてそんなことがわかるの？」

「新ドイツ新聞を取ってるからだ！」クッピシュ氏は隣人がシュタージだという証拠を絶えず見つけてくる。一方クッピシュ夫人にはあまり確信がなかった。こうして果てしない論争が始まる。

「それにやつらの家には電話がある」と彼。

「そんなの証拠にならないわよ！」と彼女。

「証拠にならないって？　じゃあ俺たちはシュタージか？」と彼。

「そんなわけないでしょ」と彼女。

「それで、俺たちには電話があるか、え?」と彼。

「ないけど、でも……」

クッピシュ夫人はそれ以上何も言えない。クッピシュ家には本当に電話がないからだ。

「そうだ」クッピシュ氏は怒りに燃えて言う。「俺は陳情書を書くぞ」

「でも気をつけて、ホルスト、気をつけてね」とクッピシュ夫人が言う。

西のハインツ伯父さんは、陳情書のことなんて聞いたことがなかった。「その陳情書っていうのはなんだい?」

「上のやつらがまだ怖がっている唯一のものだ!」クッピシュ氏は誇らしげに告げると、まるで彼の陳情書が宮殿にいる権力者たちを震え上がらせることができるかのように、キッと目をむいた。「朝、風呂に入ろうとすると、水が止まってることに気がつくだろ。やつらがまたしても水道管をいじくりまわしやがったからだ。そういうときに……」

「だから、陳情書っていうのはただの苦情のことだよ」とミヒャが軽くいなし、それをクッピシュ夫人がさらにいなした。「苦情、苦情って、なんていやな響き! まるでわたしたちが苦情を訴えてるみたいじゃない」

「もちろんだ、苦情を訴えようじゃないか！」クッピシュ氏が頑固に主張する。「だめよ！」とクッピシュ夫人が言う。「提案するとか……指摘するとか……質問するとか……お願いするとか……でも苦情を訴えるですって？　わたしたちが？　苦情を？　ぜったいにだめよ！」

ハインツ伯父さんはクッピシュ夫人の兄で、やはりゾンネンアレーに住んでいる――もっともゾンネンアレーの長いほうだ。彼は、西側に住む伯父として、自分がこの親戚たちに対してどんな義務を負っているかよくわかっていた。「ほら、また密輸してきてやったぞ」。彼はいつもやってくるなり声を落とし、共犯者じみた顔つきでそう言う。ハインツが持ってくる物は、基本的に密輸した物ばかりだった。棒チョコを靴下の中に隠したり、クマさんグミを一袋パンツの中に詰めこんだり。見つかったことは一度もなかった。けれど国境ではいつも冷や汗をかいていた。「ハインツ、これはぜんぶ合法だよ！」とミヒャはもう優に百回は説明していた。「クマさんグミは持ってきてもいいんだってば」

ミヒャはハインツに一度レコードを持ってきてほしかった。「モスクワ・モスクワ」とはいかなくても、たとえばドアーズ。けれどハインツにとってはその仕事はあまりに危険だった。密輸の罪を犯すとどうなるか、彼は知っていたのだ。「二十五年のシベリア流刑だぞ！　半ポンドのコーヒーのために、二十五年のシベリア！」

ミヒャは首を振った。「その話は僕も知ってるよ。でも二十五ポンドのコーヒーで半年のシベリアだったよ」。マッチボックスのミニカーでさえ、ハインツには危険すぎた。「俺たちの国にどんな車があるかおまえたちに見せたりしたら、そんなことをしたら、ええと、階級の敵の、ええと、なんて言ったっけ？——称揚、の罪になるじゃないか！」と彼は叫んだ。「それに、小さくてかわいらしいパトカーなんか持ってきたら、敵の過小評価ってことになるだろう。そのせいでシベリアで木こりだなんてごめんだ！　それにしたって、どうしていまだにマッチボックスのミニカーなんか欲しがるんだ？」まったく、どうしてミヒャはいまだにマッチボックスのミニカーが欲しいのか。

ハインツが来るときには、クッピシュ氏はいつも引き出し式のテーブルをいじりまわしている。このテーブルをうまく引き出せたことは一度もなかったのに、彼はこういう引き出し式のテーブルは実用的だと飽きずに主張していた。高さを調節するハンドルのこともクッピシュ氏は実用的だと思っていた。それに、折りたたみ式の自転車や折りたたみ式歯ブラシも、彼に言わせれば実用的だった。場所を節約することができて、見た目は醜い欠陥構造は、どんなものでもクッピシュ氏によって「実用的」というお墨付きをもらった。彼の言う実用的な物をいじくりまわすときのクッピシュ氏の楽天主義には、なにかほとんど狂信的なものがあった。「はん、こんなものチャッチャとあっという間だ」というのが彼の口ぐせだったけれど、チャッチャといったことなんて一度もなかった。

ハインツは狭い家の巨大な安楽いすに腰を下ろしてあたりを見わたすと、ため息をついて毎回こう言う。「正真正銘の死刑囚房だね、ここは！」彼はもう何年も前に暖房の後ろにアスベストを発見して、叫んだのだ。「アスベストだ、おまえたちの家にはアスベストがあるぞ！肺ガンの原因だ！」

アスベストという言葉を聞いたこともなかったクッピシュ氏は叫んだ。「陳情書を書くぞ！」

クッピシュ夫人はこう叫んだ。「でも気をつけて、ホルスト、気をつけてね！」

いつものようにクッピシュ氏は陳情書を書かず、アスベストはだんだん忘れられていった。ただハインツだけが、訪ねてくるたびにため息をついて思い出させる。「正真正銘の死刑囚房だよ、ここは！」そんなときいつもミヒャは、思わず両親をシンシン刑務所のローゼンバーグ夫妻[8]と比べてしまう。そして時には、死刑囚房にいる両親はどんな風だろうと想像してみた。（父はたぶん電気いすの上でもまだ叫ぶにちがいない。「陳情書を書くぞ！　俺は無実だ！」）

一度ハインツがクッピシュ夫人のために新聞紙を詰めた靴を密輸したとき、クッピシュ氏は興味津々で、そのくしゃくしゃに丸まった「ビルト」紙のしわを延ばして読み始め、顔色を変えた。「見てみろ」と彼は言って、大きな見出しを指差した。

十五年後には死
キラー・アスベストはガンの原因だ！

「死刑囚房だ！」とハインツ伯父さんが叫んだ。「俺の言ったとおりじゃないか！」

クッピシュ夫人が年数を数え始める。

クッピシュ氏とミヒャとザビーネも一緒に計算した。

「ここに引っ越してきたのは……」

「ちょっと待って……」

「ええと……十五年前……」

「違う、もっと前だ……」

「そんなことはないでしょ！　休暇旅行を引けば……」

「……それから、家にいなかった期間も――ミヒャ、ザビーネ、おまえたち毎日六時間学校に行ってたな?」

「わたしの計算では……まだ十五年にはならない……」

十五年。テーブルの上にはくしゃくしゃになったビルト紙が載っている。そこには、キラー・アスベストが十五年で死に至る肺ガンをもたらすと太字で書いてあるのだ。

「俺は陳情書を書くぞ」おろおろした声でクッピシュ氏が言った。

「でも気をつけて、ホルスト、気をつけてね! どこで知ったかは書かないでね。わたしたちが苦情ばっかり訴えて、ミーシャがモスクワの大学に行けると思ってるの?」

「こいつ、モスクワの大学に行きたいのか?」ハインツが怒ってきいた。「でもこいつはハーバード向きだろう。オックスフォードのソルボンヌだろう! ロシアなんて、わきの下に自動拳銃差して行くか、脚を鎖で繋がれて行くもんだ」

「ハインツ、子どもの前でそういうこと言わないで!」クッピシュ夫人がしいっとたしなめた。

ミヒャはどうしてもモスクワで勉強したいわけではなかった。それは彼の母親が彼のために決めたことだ。そういうことを決めるのは彼女の役目だった。モスクワの大学に行くために、ミヒャは「赤の修道院」という名前の特別な学校に進んで、準備コースを受けなくてはならない。そして赤の修道院に進むためには、彼はすべての点で優秀でなければならないのだ。優秀な成績を修め、優秀な職業目的と優秀な政治姿勢を持ち、優秀な態度、優秀な努力を見せ、優秀な友だちとつきあい、やはり優秀な家庭の出身でなければならない。

「わたしたちみんなの評判が、カ・ン・ペ・キでなくちゃならないのよ」とクッピシュ夫人は言った。この場合彼女が言いたいことははっきりしている。「ホルスト！　あんたはベルリン新聞をやめて、新ドイツ新聞を読みなさい！」

「なんだって？　新ドイツ新聞？　あれはすごくでかいじゃないか」

「だからよ！　そうすればみんなに見えるじゃない！」

「いやだね。こんなに狭い家で、どうやって新ドイツ新聞を広げるのか、教えてほしいね！」

「それなら窓際に座りなさいよ。そうすればみんながあんたを見るわ。シュタージがお隣りに行って、わたしたちのことをあれこれ質問したら、うちでは新ドイツ新聞を取ってるって言ってくれるじゃない。そうすればぜんぶうまくいって、ミーシャは赤の修道院に進んで、モスクワの大学に行けるのよ」

「シュタージが隣りに来たりはしないよ。隣りがシュタージなんだから！」クッピシュ氏が主張する。

「はいはい、あんたはなんでもご存じよね」クッピシュ夫人が答える。

「もちろんご存じだ！　俺は見たんだよ、隣りのヴァルトブルク（東ドイツの五人乗り乗用車）が一週間も経たないうちに修理されて戻ってきたんだぞ。な？　おまえたちこれをどう説明するんだ？」

ミヒャは一度アパートの廊下で、なんと直接その隣人に、どこで働いているのかと尋ねたことがある。隣人にじっと見つめられ、ミヒャはぶしつけな質問をしてしまったような気分でどぎまぎした。ミヒャは無邪気なふりをして言い訳した。「こんなことをきくのは、将来したい仕事を決めるためなんです。朝八時半に家を出ればよくて、奥さんが一日中家にいるなんて……つまりですね、寝坊ができて、それでも二人で十分生活できる――そういう仕事に興味があるんです！」ミヒャはもちろん答えてもらえなかった。

実際にミヒャは将来何になりたいのかわからなかった。広場をぶらついていると、メガネとマーリオが新しいお気に入りの話題で議論しているのが聞こえてきた。政治と関係のない学問分野はどう考えてもありえない、ということにメガネが気づいたのだ。非政治的な学問分野がないとしたら、大学入学資格試験なんてなんになるんだろう？

「建築学はどうだ？」とマーリオ。

「党が望むとおりの家を建てるために？」とメガネ。

それどころか、原史や初期史の勉強さえ政治と無関係ではないことも、メガネは知っていた。どうせ、大昔から人々がどんなにドイツ社会主義統一党を切望していたか、ということを習うだけなのだ。

けれどこの議論は、観光バスが検問所を超えて東側に入ってくると、たいていおしまいになった。バスが来ると、マーリオとミヒャは駆け寄り、哀願するように両手を伸ばして、目をむきながら「腹減った！　腹減った！」と叫ぶ。

観光客たちは、鉄のカーテンの背後にはびこるこの惨状にショックを受けて、何枚も写真を撮る。そしてバスが見えなくなると、マーリオとミヒャは死ぬほど笑いながら、ピッツバーグや大阪やバルセロナで自分たちの写真が出回るところを想像するのだった。広場のほかの仲間は一緒にやろうとしなかった。けれどマーリオとミヒャの演技は逆にどんどんおおげさで芝居がかったものになっていった。うずくまったり、絶望的にくずかごをあさったり、倒れるまねをしたり、八百屋の前に落ちている一枚のレタスを奪い合ったり。もちろん、この「腹減った！　腹減った！　ショー」をミリアムに見てもらって、笑わせるか、もしかしたら少し感心させることができたらいいのに、と二人とも思っていた。けれどミリアムは、観光バスが検問所を越えて来るときには決して近くにいなかった。

ダンス教室三人組

キスの約束をもらって以来、ミヒャがミリアムに出くわしたのは一度だけだ。一緒に通りを歩きながら、彼女と何を話せばいいのかミヒャにはさっぱりわからなかった。彼はアスベストのことを思い出して、結局ひとこと「オレ、もうあんまり長くないんだ」と言い、そして「じゃあ」とだけ言って別れた。

以前ミヒャは、ミリアムがダンス教室に申し込んだという情報を、オレンジ色のモンテヴェルディ・ハイのミニカーと引き換えに、ミリアムの弟から引き出してあった。彼は不注意にも広場でこれを公表してしまったので、結局マーリオもメガネもデブも同じようにダンス教室に申し込んだ。ミヒャは申し込みたくなかった。踊れないからだ。マーリオが言うには、「だからこそだろ！　踊れるやつはダンス教室には行かないよ！」ということだったけれど。

もちろんミヒャは、仲間がミリアムとダンス教室に行っているあいだ、広場をぶらついているのはいやだった。けれど、ダンス教室に申し込む心の準備はまだできていなかった。彼はダンス教室まで行ってみて、掲示板でダンスの先生の名前がシュロートさんだということまで知ったのだが、申し込みはしなかった。けれど向かいの廊下の窓からダンス教室が見えることを発見すると、ミヒャはそこに隠れてダンスフロアの様子をこっそり観察した。

二列に並べられたいすに、髪をとかしつけた二十人くらいの紳士たちが、同じ人数の、きちんとした身なりの淑女たちと向かい合って座っている。二列のいすの間はダンスフロアーで、ダンスの先生が何か説明しながらナイフとフォークを高く掲げていた。ミヒャは、ダンス教室ではダンスだけではなくて、礼儀作法一般も習うんだと思った。自分のマナーは最悪というわけではないとミヒャは思っていた。たとえば食事の前には手を洗うし、服のそでで鼻をかんだりもしない。

ダンスの先生であるシュロートさんは、かかとが極細のハイヒールを履いた、プラチナブロンドの、明らかに太りすぎのご婦人で、ぴちぴちのスラックススーツを着た二人の若い社交ダンサーがアシスタントをしていた。だれとだれはホモだ、と言うやつはこれまで何人もいたけれど、ミヒャはいままでホモを見分けられたことがなかった。けれどこの二人の社交ダンサーを見たとき、ミヒャにはホモというのがどういうものかわかったような気がした。この二人を「社交カマダンサー」と命名したくらいだ。

シュロート先生は、二人の社交カマダンサーと数ステップずつ交代で踊りながら、新しいダンスを実演して見せた。そのときわかったことは、シュロート先生が、決して少ないとは言いがたい自分の肉の塊を、しかも極細ハイヒールで支えながら、軽々と動かせるということだった。先生が新しいダンスを片方の社交カマダンサーの腕の中できっちり正確に説明する間、ミヒャは残されたもう片方の社交カマダンサーのことも観察した。残された社交カマダンサーは、まるで嫉妬《しっと》のまなざしを練習しているかのような目つきで、踊る二人を見つめていた。

実演が終わると、一人の社交カマダンサーが譜面台まで歩いていった。譜面台の後ろにはレコードが積み上げてある。彼は一枚の新しいレコードをプレーヤーにのせた。するとみんなが勢ぞろいした。紳士たちは立ち上がって、淑女たちを誘いに行く。この瞬間、ミヒャにははっきりした。ダンス教室とは、ミリアムにとてもとても接近することを意味するのだ。そして彼の指先が冷たかったり、てのひらが湿っていたり、息が臭かったり、わきの下に汗をかいていたりしていたら、それは隠しようがないのだ。

ダンス教室の生徒たちが新しいダンスを練習する。その様子は、ミヒャがいつも想像していたとおりの間抜けさだった。その間シュロート先生は、それぞれのペアを直していった。社交カマダンサーたちはときどきひとつのペアを引き離しては、二人の生徒とそれぞれ踊った。一種の実地練習だ。ということは、二十人の紳士のうち常に一人が、社交カマダンサーの片方と踊ることになる。こりゃ大変だ、とミヒャは思った。ちなみに、引き離されたペアは、あとからまた一緒に踊り始めても、前に比べて少しもうまくなっていなかった。ミヒャには彼らの気持ちがよくわかった。自分だって男と踊るはめになったら、硬直してしまって何か習うどころじゃないだろう。

シュロート先生は、一曲ごとに紳士たちを次の淑女にずらして、ペアを交代させた。こうして、生徒は一回のレッスンでだいたい十二人のパートナーと踊ることになる――社交カマダンサーを含めて。レッスンが終わって、生徒たちが通りであいさつをして散っていくのを見たあと、ミヒャは、やっぱりダンス教室はそれほど悪くないかもしれないと考え直した。そして彼は申し込みをした。

最初は、ミヒャが考えていたよりずっとひどかった。クッピシュ夫人の命令で、ミヒャはダンス教室のときにはよそゆきのかっこうをさせられた。ミヒャが持っている唯一のよそゆきの服は、成年式[9]で着たスーツだ。けれどミヒャは一年で十センチも背が伸びていたので、小さすぎるスーツを着た彼の姿が、展望台から格別の嘲笑を浴びた。「モスクワ・モスクワ」のせいで降等処分になって以来ミヒャに含むところのあるチクケイが、ミヒャの身分証明書をわざわざ展望台のほうへ高々と掲げて検査したので、事態はミヒャにとってますますひどくなった。身分証明書の検査に、「いいぞ、おまわりさん、そいつを通すな！」とか「捕まえろ！　捕まえちまえ！　そいつは危険人物だぞ！」とか「逮捕だ！　尋問だ！　拷問だ！」という歓声と拍手がついてくるのだ。これがダンス教室のたびに毎回起こるので、ミヒャにとっては辛い時間だった。

　ダンス教室では紳士は淑女と向かい合って座る。ミリアムはもちろん紳士全員から血走った目で見つめられた。だいたいなにもかも、ミヒャが考えていたとおりだった。シュロート先生が最初のステップを実演したとき、彼女の優雅さにミヒャはまたしても感心した。この太ったご婦人は、まるで体重なんてまったくないみたいに軽々と空気中を漂っているようだった。

　それから、すべてを決める重大な瞬間がやってきた。シュロート先生が告げる。「さあ、紳士のみなさんは立ち上がって、ゆっくりと淑女に近づき、軽くうなずいてダンスに誘いましょう」。この瞬間、シュロート先生には、はっきりしたことがあった。ミヒャがダンス教室に申し込んだときには、シュロート先生はまだ、彼女自身の言葉で言うと、「今回はペアの問題がない」ことをいぶかしく思っていたのだ。ダンスのレッスンを受けようとするのは、ふつうは男性よりも圧倒的に女性だった。この問題は本当に深刻で、女性は男性を連れてこなければ参加させてもらえないときもあるくらいだった。それどころか、男性は受講料を免除されることさえあった——ただし一度受講したことがあって、ぜんぶもう一度始めからくりかえしたい場合に限るのだけれど。それなのに、ミヒャのコースではこれまでのようなペアの問題はまったくなかった。それがなぜだったのかを、淑女に最初のダンスを申し込むように紳士たちを促したとき、シュロート先生は知ったのだった。つまり、彼女の言葉はミリアムへの突撃命令と同じ意味を持っていたのだ。紳士たちの列全体がただ一点に収斂《しゅうれん》した。肩やひじで押しのけあう者、転ぶ者。ミヒャはミリアムのもとにいちばん乗りした。彼は、彼女の腰に手を回し、手を取り、瞳を見つめることのできた最初の男だった。ただ彼女の身体を支えているというだけで自分がどれほど幸せになれるか、それまでミヒャは考えたこともなかった。彼は彼女の柔らかな身体を感じ、彼女の規則正しい呼吸と、髪の香りを感じた。ところがダンスが始まると、ロマンティックはそこでおしまいだった。ミヒャはこれっぽっちも踊れなかったのだ。彼はたてつづけにミリアムの足を踏んづけ、彼女は二分後にはもう彼から逃れたいと願うようになった。彼女の望みはかなえられた。慣習どおり、ダンスが終わるとミヒャはミリアムを手放さなければならなかったのだ。ミリアムの次のパートナーはマーリオだった。彼もミヒャに負けないくらいひどかった。こうして次から次へと同じ事が起こった。みんながミリアムと踊りたがり、みんながミリアムの足を踏みつけた。

ダンスのレッスンは、毎週毎週同じように進行した。ミリアムに向かっての押し合いへし合いから始まって、一曲終わるごとに次々にパートナーが替わった。レッスンの前には、ミリアムの正面の席をめぐっての押し合いへし合いまであった。彼女までの最短距離がその席だったからだ。けれど、ついにミヒャはこのやり方に革命的な変化をもたらし、毎回最後のダンスを確実にミリアムと踊れるようになった。彼は賢明にもこの新しい戦術の秘密をだれにも漏らさなかった——なによりも、毎回確実に最後の一曲でミリアムに行き着くためには、どうすればいいのかを。

向かいの廊下から観察したときに、毎回のレッスンのために用意されたレコードが積み上げられていたのを彼はおぼえていた。だからレッスンの前にレコードの数を数えるだけで、彼はその日に何曲踊るのかを知ることができたのだ。ここまでくれば、あとはミリアムから始めて淑女のいすを数えていって、最後のダンスをミリアムと踊るためにはどの淑女から始めればいいのかを見つけ出すだけだった。二十人の紳士たちがミリアムを奪い合っている間、ミヒャはゆっくりと最初の一曲を踊る淑女のもとへ歩み寄る。フォックストロットを九曲練習する場合、ミヒャは八人のパートナーと徹底的に練習することができた。彼女たちを乱暴に扱い、足を踏みつけたり、あげくのはてに転ばせてしまっても、ミヒャは気にしなかった。いつでも、ダンスの真っ最中にものすごい音がすれば、ミヒャのパートナーがまたも床に沈んだのだとみんなにわかった。これよりひどいのは柔道くらいだった。しばらくするとミヒャの評判は地に落ち、彼は「女の敵」だと後ろ指をさされるようになった。彼のパートナーたちは、お互いにミヒャに負わされたけがを見せあった。ミヒャは彼女たちを練習の道具と見なしていたのだ。「ダンス教室に通うなら、どんな目にあうかぐらい覚悟しておかなくちゃ」と、彼は言った。毎回、ミリアムとの最後のダンスで、初めてうまく踊れればそれでいいのだ。そして、実際これはうまくいった。もしかしたら、ミヒャが紳士たちの中でたった一人、社交カマダンサーに対する恐怖心を克服して、彼らとの練習を大いに活用できたからかもしれない。

ついにミリアムは、ミヒャをみんなの中で最高のダンサーとして選び取った。最後のレッスン——タンゴだった——の後、彼女は彼に、修了祝いの舞踏会でパートナーになる気はあるかと尋ねたのだ。これこそまさにミヒャがねらっていたことだった。

けれど打算が報われた喜びで、彼はすっかり見過ごしていた。彼はこの数週間で四回、ワルツとブギウギとチャールストンとルンバで、第一曲目を榴散弾と踊ったのだ。だから榴散弾は、ミヒャに選ばれたのは自分で、彼はただそれをうまく伝えられなかっただけなのだと思い込んでいたのだった。

五十西ドイツマルク不足

モジャはダンス教室には行かなかった。彼はそんなものには興味がない。モジャはほかのどんなものにも興味がない。音楽だけを除いて。そして音楽に興味があるのも、それがローリング・ストーンズである場合だけだった。広場のほかのみんながダンス教室に通うのを尻目に、彼はローリング・ストーンズの七二年の二枚組アルバム「エグザイル・オン・メイン・ストリート」を手に入れようと奮闘していた。彼はテープに録音したいだけだったのだが、それでもイギリス版の非の打ちどころのない品質を求めていた。つまり、くそユーゴ製ではだめで、もちろんインド版なんて話にならない。ストーンズのアルバムをぜんぶ持っているというフランキーのところにならあるはずだった。それはつまり、またしても傷害罪でぶち込まれていなければ、フランキーは家に座りこんで、最大ボリュームでストーンズを聴いているということだ。モジャはフランキーの家へ向かった——すると実際に、中庭からも「ペイント・イット・ブラック」が聞こえてきた。これは「エグザイル」の曲ではないけれど、あと一歩だ。モジャは階段を上って、とあるドアの前で立ち止まった。ドアの向こうではまちがいなくストーンズが流れている。モジャは呼び鈴を鳴らし、ドアをノックした。フランキーは、「ブラウン・シュガー」と「ギミー・シェルター」と「マザー・イン・ザ・シャドー」と「ホンキー・トンク・ウィメン」が響きわたっているあいだ、ドアを開けなかった。モジャはフランキーの犯罪歴をむりやり頭から追い出し、力の限りドアをたたいた——まずはこぶしで、そして最後には足まで使って。いつのまにかドアが開いていた。正確に言うとけやぶられていた。たくさんの前科を持った、入れ墨のある巨大な獣が、戸口に立ってモジャをにらみつけていた。モジャは勇気を奮い起こして、「エグザイル」はあるかと尋ねた。下唇の垂れ下がった、入れ墨のあるこの獣からじっと見つめられて、モジャはこれをなだめるように目くばせを返した。こうしてモジャは、現在「エグザイル」を持っているはずの、シュトラウスベルク[10]に住むヒッピーの住所を手に入れたのだった。「飲みすぎて賭けに負けちまったんだ」としわがれ声でフランキーは言い、モジャはできるだけ素早く退散した。

折りたたみ式自転車でシュトラウスベルクまで走り、モジャはシュトラウスベルクのヒッピーを探した。シュトラウスベルクのヒッピーは建築現場用のバラックに住んでいた。そのバラックは二本の木の間にあって、その二本の木の間にはハンモックが吊るしてあり、そのハンモックにシュトラウスベルクのヒッピーが寝転んでいた。彼は音楽を聴きながら「ファン・マン」という本を読んでいた。モジャにはそのバラックに足を踏み入れる勇気がなかった。というのも、床いっぱいにレコードジャケットが散乱して足の踏み場もなかったからだ。バラックを横切ることは、レコードを踏みつけて進むことを意味する。それはモジャにとっては冒涜《ぼうとく》行為だった。

「おい、だれだ、おまえ、おい」シュトラウスベルクのヒッピーが言った。

「フランキーからここを聞いたんだけど、あの入れ墨の」とモジャ。

「あー、そう、知ってる、な、ベルリンのやつだろ、な、ひでえ街だ、な、ど真ん中にテレビ塔なんかおっ立ってやがる。な、それで、おまえなんだってここに来た?」

「ええと、君が『エグザイル・オン・メイン・ストリート』持ってるんだろ」

「いいや、な、そうとは言えないな、あー、持ってたんだけど、もちろん、フランキーからな、でもな、あー、ザッパと替えちまった、あとツェッペリンな。悪くねえけどな、あのエグザイルってな、でもな、ものごとは動きつづけなきゃならないってな、循環しなくちゃ、このいかす本みたいにな、これ神聖な手段で手に入れたんだ、な、神聖な手段だぜ。それに俺レコードいっぱい持ってるぜ、あー、でもここにエグザイルはないぜ」

ヒッピーがだれとレコードを交換したのか、モジャはそれでもなんとか聞き出した。「な、ベルクマンだ、な」。ベルクマンはベルリンに住んでいたので、モジャはまたも折りたたみ式自転車にまたがり、ベルリンへと戻った。

モジャが折りたたみ式自転車で楽々と長距離を走れると聞いて、体育の教師が若手養成コーチと一緒に、突然モジャを訪ねてきた。それは奇妙な光景だった。トレーニングウェア姿の二人の男が、モジャを体操スポーツクラブに必死に勧誘したのだ。モジャは言い逃れをした。「オリンピックに出たいなんてぜんぜん思ってません。トレーニングなんて俺の知ったこっちゃないです。やるとしたらせいぜい棒高跳びくらいです」

「どうして棒高跳びなんだ?」体操スポーツクラブのコーチがいぶかしげに尋ねた。

「三メートル四十五以上跳ぶ練習ができるから」とモジャは答えたが、だれも彼が何を言いたいのかわからなかった。ベルリンの壁の高さは三メートル四十五センチだ。メガネの説明では、逃亡に利用される恐れのあるスポーツ種目はぜんぶ禁止されているということだった。バルト海ではヨットもサーフィンも禁止だった。ハンググライダーもパラグライダーも禁止だ——国境地帯の高層ビルから西側へ飛ぼうなんて考えを、だれも起こしたりしないように。そういうこともメガネは知っていた。メガネは、だれにでも何かしら関係があるのに、だれも知らないようなことに精通していた。

もちろんモジャは棒高跳び選手にはならなかった——彼の予想では、棒高跳びさえ禁止になるのは時間の問題だった。モジャはひたすら「エグザイル・オン・メイン・ストリート」の行方を追いかけた。シュトラウスベルクのヒッピーが言うには、それはベルクマンという名前のだれかが持っているはずなのだ。

ベルクマンは小心者だった。たとえば彼は家宅捜査を恐れていたので、危険極まりないと思われるレコードを、怪しまれないようなカバーで覆って隠していた。エリック・バードンのLPには、バッハの「平均律クラヴィア曲集」のカバーがかかっていた。バックマン・ターナー・オーバードライブのレコードは、吹奏楽のレコードジャケットで隠していた。「エグザイル」を隠すために、ベルクマンはロシアの赤軍合唱団「アレクサンドロフ・アンサンブル」のレコードまで、二枚も買った。「エグザイル」は二枚組アルバムなので、カバーも二枚必要だからだ。ベルクマンの彼女は、彼の家のレコードコレクションに最近ソヴィエトの軍コーラスが加わったことに驚いていた。

それからベルクマンは兵役に行ったのだが、そこで次々に災難に見舞われた。まず彼の発煙筒がトイレで爆発した。これで休暇が帳消しになった。それから戦車の誘導をまちがえて、バックでガガーリンの胸像をぶっ壊した。これでやっぱり休暇が帳消しになった。あげくのはてにベルクマンは、居酒屋に、まるで傘を忘れるみたいに対戦車砲を置き忘れた。もちろんこれでやはり休暇は帳消しになり、そのうえ十日間の営倉を食らった。ベルクマンの彼女は家でワインの栓を抜いて彼を待っていた。待ち切れなくてスリップ姿だった。けれどベルクマンの代わりに、またしてもやって来たのは電報配達人だった。それでベルクマンの彼女はついに怒りを爆発させ、ワインを一人で飲み干すと軍隊を罵《ののし》り、スリップ姿のままでベルクマンの二枚の軍隊レコードを粉々にたたき壊した。怒りで目に涙をためていたので、自分がたたき壊したものが本当はなんだったのか、彼女にはわからなかった。

このあたりで唯一の「エグザイル・オン・メイン・ストリート」がどんな最期を迎えたかを聞いたとき、モジャの目にもやはり涙がたまった。

モジャの涙がやっと乾いたのは、カンテのことを聞いたときだった。がりがりにやせたレコードのディーラーであるカンテは、まるで幽霊みたいに鉄道の高架下に立って、何かしら後ろ暗い経路で手に入れたレコードを売っているということだった。彼はシュタージなんだと言う者もいたし、三つの諜報《ちょうほう》機関を股にかけて働いているんだと言う者もいた。トップレスパーティーに喜んで出たがる女を外交官たちのために調達しているんだと言う者もいたし、いまではもう下級大使館員をバルト海まで連れて行くだけで、その見返りに西側の品物を手に入れているんだと言う者もいた。これは十分ありうることだった。というのも、彼はいつも火曜日の午後六時から七時の間だけ高架下にいたからだ。いったいだれが好きこのんでそんな時間帯にバルト海までドライブするというのだ？

その時間にモジャが高架下に行くと、実際にやせた男が四角い袋を持って突っ立ち、宙をにらんでいた。そして、あたりは薄暗いのに、このディーラーはサングラスをかけていた。これはモジャに強烈な印象を与えた。そこで、彼はまずこのレコード売り場での決まりごとを徹底的に観察することにして、畏怖《いふ》の念を込めて遠くから様子をうかがった。レコードを買いたい者は、まず注文の品を伝えなければならない。この注文に対して、カンテは信じられないほど高慢ちきなコメントを返した。「ディラン？　そんなものどうしようってんだ？　あっちじゃそんなものもうすたれてるぜ！」とか「ビージーズ？　タマなし男ががあがあわめいてるだけじゃねえか。ホモのくそディスコ音楽だね！」とか「ブライアン・ジョーンズが死んだ後のストーンズなんて、忘れちまえ」とか。カンテにはこの傲慢《ごうまん》さが許された。というのも、彼は本当になんでも手に入れることができたからだ。モジャが彼に「エグザイル・オン・メイン・ストリート」のイギリス版、密封ジャケットを注文すると、彼は言った。

「密封？　あたりめえだ。おれがまだあんなクズを開封して聴くとでも思ってんのか？」

三週間後、カンテの袋には本当に密封「エグザイル」が入っていた。けれど彼はモジャに三百マルクを要求した。

「えっ、三百マルク？」モジャはがっかりしてきいた。「それだけ稼ごうと思ったら、休暇に四週間働かなきゃ無理だよ」

「それくらい当然だぜ！　ストーンズが四週間スタジオにこもってつくったアルバムなんだから、おまえだって同じように四週間働くのが最低条件だろ！」

「でも三百マルクなんて持ってないんだ！」

「それじゃ五十西ドイツマルクは？」とカンテはきいた。

「ないよ、五十西ドイツマルクだって持ってない！」とモジャが言う。

カンテはあざけるようにため息をついて、密封された二枚組のアルバムをまた袋の中にしまい込んだ。

「それなら、五十西ドイツマルク足りないってことだ」と彼は冷たく言い放った。

モジャはごくんとつばを飲み込み、金を用意してまた来ると約束した。俺は思うんだけど、とマーリオはそのころからずっと言っていた。モジャはきっと、オリジナルの密封ジャケットを開けるに忍びなくて、永遠に「エグザイル」が聴けないんじゃないかな。「何かを持ってるときより、何かがすごく欲しいときのほうがおもしろいよな。たとえば女とか」とマーリオは言い、それを聞いたみんなは、うなずきながらも内心うらやんでこう思った。「なんてやつだ、なんでも知ってやがる！」

あのころの音楽はよかった。いまよりもずっと。当時もうカセットレコーダーを持っていた者はみんなそう言う。あのころは録音するしかなかった。「録音」は、まさにキーワードだった。だれかがレコードを持っていれば、それをカセットに録音した。いまでは世界中がCDだ。CDのほうが音がよい。けれどレコードのほうがずっと魅力的だ。CDが引っかかるとせっかちな音がして、攻撃的な気分になる。けれどレコードの音とびはどこか音楽的で、少なくとも六回、七回とくりかえされるうちに、まるで子守り歌を聴くように安らいだ気持ちになる。レコードには注意深く触れなくてはならない。傷がつくかもしれないし、とても繊細なのだ。レコードは、自分がなにか貴重な物を扱っているという気分にしてくれる。モジャがレコードをどんな風に扱ったことか。厳かにジャケットから取り出し、いつも真ん中か縁だけに触れ、それどころかジャケットにさえ縁にしか触れず……。メガネは自分のイギリス製レコードをチェコ製レコーダーZK20に録音して、いつもその録音テープだけを聴いていた。針をのせると彼のレコードがすり減ってしまうと思っていたからだ。マーリオは自分の輸入版レコードを必ず一人で聴いた。だれかがレコードプレーヤーにぶつかったりしないように。それどころか、彼はいつもつま先立ちで歩いた。足を踏み出した拍子に針が跳んでレコードを傷つけるといけないと思っていたからだ。けれど、録音するとなるといつもみんなが集まった。そうして彼らは一緒に座りこみ、一枚、二枚、三枚、時にはもっとたくさんのLPを録音した。たくさんの知識を持っている必要はなかった。みんなが同じ音楽をよいと感じればそれで十分だった。おしゃべりをしたり、音楽を聴いたり、世界中のすべての時間は彼らのものだった。大人の男になるとはどういうことなのか、それを彼らは感じていた。そして、そこに流れる音楽は、いつだっていかしていた。

陶土か粘土か、それが問題だ

ミヒャは西側のレコードを持っていなかった――西側に住む伯父がいたにもかかわらず。レコードはパンツの中に隠して密輸するわけにはいかないし、ハインツ伯父さんは二重底のかばん、といった冒険ができるタイプではなかった。国境監視員がパスポートをいつもより少し念入りにめくっただけで――すでにハインツは、自分が、あわれな親類のために現行犯逮捕される、というとんでもない危険をいつもいつも冒していることを後悔するのだった。一度、国境監視員が勝ち誇ってパスポートをひらひらあおいで見せたとき、ハインツの心臓はほとんど止まりかけた。「わたしが考えていることがおわかりですか?」パスポートに押されたたくさんの入国スタンプを見て国境監視員はそう言った。「わたしが何を考えているか、おわかりですか? あなたみたいにこれほど頻繁《ひんぱん》にいらっしゃる方はですね、わたしの言いたいこと、おわかりですか？」

ハインツはのどがつまって言葉が出ず、ただ黙って首を振った。彼は、今回はセロハンテープでふくらはぎに貼り付けたビスケット缶が見つかって、捕まえられるのではないかと思った。国境監視員は彼を税関のあるバラックへ連れて行った。ハインツは悟った。もうおしまいだ。たったいまから、鉄格子の中の空気だけを吸って生きるのだ。彼は手錠をかけられるためにすでに両手を前に伸ばしてさえいた。すぐになにもかも自白してしまおう。

「あなたみたいに頻繁にいらっしゃる方は」と国境監視員は言って、そこで秘密を話すように声を落とした。「そういう方は、まちがいなく我々の体制の友ですな！」

身の安全のために、ハインツはうなずいた。国境監視員は意味ありげな目つきでささやいた。「あなたにお見せしたい物があるんです。でも――しいっ、秘密ですよ」。彼が布をさっとめくると、押収された日本製のステレオセットが現れた。スリーウェイバスレフ型スピーカー、自動選曲、放送局メモリ付き巨大チューナー、高音調節と低音調節は別々になっていて、すべての周波数帯はマニュアル操作可能、モノラル／ステレオの変換スイッチ、ノーマル／クロムの変換スイッチ、数え切れないほどの機能ボタンと受信周波数帯域ボタン、さらに入力／出力スイッチが四つも付いている。国境監視員は勝ち誇った様子でステレオセットの横に仁王立ちし、誇らしげに尋ねた。「どうです？」

ハインツはまたもやなんと言っていいのかわからなかったが、彼の答えはもともと期待されていなかった。「さあ、ちょっと見てくださいよ！」と国境監視員。「まったく複雑すぎるつくりですよ！　こんなモノをあっちの人間はつくっちまうんですからね！　だけど我々は……」

ここで国境監視員は、貧弱な鉢植えの横に目立たずひっそりと存在していた「フィヒテルベルク」という室内ラジオを見せた。「フィヒテルベルク」には四つのボタンがあった。大きなボタンが三つ、小さいのがひとつ。そして目盛りとスピーカーがひとつずつ。

「これだってたいしたもんですよ！」国境監視員は誇らしげに言った。「労働者にはこれがいいんです。本当ですよ。ここを見てください。電源兼ボリューム調節スイッチ――これ以上の資源の節約はありませんな！　それにスピーカーは最初からくっついてるんですよ。あそこのあれと違ってね。あれはわざわざ別にスピーカーを接続しないと聴けないんです！　ということはそのためのお金もかかるし、場所だって取る！」

ほんの一分前にはまだシベリアへ消えていく自分の姿を想像していたハインツは、ここにはなにやら誤解があるらしいぞと気づいた。誤解といっても、彼に味方する誤解だ。ドイツ民主共和国の賛美者とまちがえられた彼は、彼らの最新の獲得物についての情報提供を受けただけだったようだ。入念な準備で身体にしのばせた禁止おみやげを持って、毎回のようにこの国境を越えることがどういうことか、いつかクッピシュ一家に正確にわかる日がくるだろうか、とハインツは自問した。おみやげを隠す場所を、彼は何週間も熟考しているのだ。ハインツ伯父さんが東ドイツの国境監視員の前で感じたのと同じことを、クッピシュ家のだれかが感じる日は決してこないだろう。もちろんハインツは、クッピシュ一家や東側での彼らの生活と、自分の境遇を取り替えてみたいとはまったく思わない――けれど自分が国境検問所でいつもどんな目にあっているか、彼らが少しも知らないなんて、それは不公平だと思った。

国境監視員は一向に「フィヒテルベルク」ラジオの長所を褒めたたえるのをやめようとしなかったけれど、ハインツはもう一刻も早くこの暖房の効きすぎたバラックから逃れたくてしかたがなかった。そこでは天井板にひびが入っていて、アスベストが降りかかってきていたのだ。

「ガンになりますよ」とハインツは言った。すると国境監視員の機嫌はますますよくなった。

「そう、それこそ、西側の人間が抱えている問題ですな」と彼は言って、口を大きく開いた。まるで歯学部の授業で学生がツメモノの練習台にしたあとみたいな歯だった。「ご覧なはい！にひの人は、ほのツエオノかあもガンになうとおおっへふ」。彼はハインツにパスポートを手渡し、底抜けの機嫌のよさで肩をたたいた。「だけどわたしはガンになったことなんてありませんよ。我々が社会主義を建設してるっていうのに、あんたたちはガンの心配をしたり、だれも使えないラジオをつくったりしている。ははは、彼らもおしまいですな！」

ハインツはうなずき、こぶしを掲げる闘争のポーズで別れを告げるべきだろうかと考えた。けれど脅迫していると誤解されるかもしれないので、やめておいた。そもそもどうして共産主義者はこぶしを掲げてあいさつするのか、ハインツにはまったくわからなかった。

ハインツはこれをザビーネのいまの彼氏で党の保証人にもなるという男に尋ねてみたいと思ったけれど、彼はもういまの彼氏ではなかった。ザビーネの現在のいまの彼氏は、劇場で働く野心的な大道具係だった。彼は舞台監督になりたかったのだ。まだ監督でもなんでもないくせに、彼はもうすでに「僕の俳優たち」について話し、俳優たちは監督の手の中の陶土だと言った。クッピシュ氏が尋ねた。「トウド？　粘土のことだよな？」

ハインツがズボンの中にビスケット缶を貼り付けたまま注意深く階段を上っていると、ザビーネが『マクベス』の「……死をたくらむ思いにつきそう悪魔たちよ。このわたしを女でなくしておくれ……」という部分を朗読しているのが聞こえてきた。彼女はもう二十分もこの一行に取り組んでいたのだが、風呂に入りながらだったので、彼女の声の調子はどうしてもせりふの内容にはそぐわなかった。

ハインツは、妹の家族を訪ねるときにはほとんどいつも、何かにショックを受けることになる。今回彼の息が止まりそうになったのは、妹にあいさつをしたときだった。クッピシュ夫人は鏡の前で身づくろいしていたのだが、突然二十歳も老けこんで見えたのだ。またしてもやけくそで引き出し式テーブルをいじっていたクッピシュ氏が、腹立たしそうにコメントした。「女はだれでも若く見せようとするものなのに、俺の女房だけはどうやら老けて見せたいらしいぞ！」

ハインツは我に返ると、暖房の後ろのキラー・アスベストを指して、クッピシュ氏にこう答えた。「よかったじゃないか、年取った彼女を見ることができたんだから。彼女は実際にこんな年寄りになるまでは生きちゃいないし、もし生きられたとしても、おまえのほうじゃそれを見られないよ！」

クッピシュ夫人はこの話題にはまったく耐えられない。「ハインツ、やめてよ、ミーシャの気がおかしくなっちゃうじゃない」

ミヒャが抗議の声を上げる。「ママ、どうして僕のことをいつも〈ミーシャ〉って呼ぶんだよ？　僕はミヒャだよ！」

「もう、そんなのどうってことないじゃない。ミーシャはロシア語だし、あんたはソ連の大学に行くんでしょ！」

「だからって僕のことミーシャなんて呼ぶ必要ないじゃないか！　僕だってママのことマムーチュカとは呼ばないよ」

「どうして。わたしたちはソ連の友人だって、みんなが思ってくれれば悪くないじゃない」

とクッピシュ夫人。

「それでもいやだよ！　ミーシャはやめてくれ！　それってまるで……」

「まるでモルタルのミッシャー（ミキサー）みたいだ」とハインツが言った。

ザビーネが「マクベス」のリハーサルを中断して風呂場から叫んだ。「ミィイイシャって呼びなさいよ、ロォオオシアアのたぁあましいいを込めて」できるだけロシア的に響くように彼女は叫んだ。「プゥウウシキンみたいに。チェエエエホフとか」

「ラス、ドヴァ、トリ――ロシア人にはならん！」ハインツが風呂場に向かって怒鳴り返した。

「ハインツ！　子どもの前ではやめて！」

「どうしてだ！」ハインツは言った。「おまえたちはロシアのイワンの下で電話さえ持ってないんだから、ミヒャをロシアにやったりしたらだめだ！　オオカミに取り囲まれたら、ミヒャは丸太小屋からどうやっておまえたちに電話するっていうんだ？」

ザビーネは彼女の大道具係と一緒に風呂場から戻って来て、髪を乾かしながら聞き取れたキーワードを取り上げた。「電話なんて、ぜったいにもらえっこないわ」

「わたしの行きつけの美容師さんは糖が下りてるからって、家にプライベートな電話をもらったのよ」とクッピシュ夫人が言い、ハインツは残念ながらこれを誤解した。

「〈糖〉がいるって？」声を落として彼は尋ねた。「砂糖なら密輸してやるぞ」

「ちがうの、彼女は糖尿病なの。インシュリンなんとかかんとかっていうのがあって、電話がいるのよ」

「よし、それなら俺は陳情書を書くぞ！」クッピシュ氏はそう宣言し、紙を一枚持ってくると万年筆のキャップを取った――そしてはたとつまってしまった。「ところで俺たちはなんの病気だ？」

ミヒャは思った。僕たちはみんな頭の病気だ。

「考えろよ」クッピシュ氏はそう言って、机をコツコツたたいた。「俺たちには何か印象的な病気はないか?」

「肺ガン」とハインツが提案した。

「うちはだれも肺ガンじゃないわよ!」クッピシュ夫人が厳しく宣言した。「でもわたし、花粉アレルギーがあるの」

「それだけですか?」と大道具係が聞く。

「そう、花粉アレルギーだけ」とクッピシュ夫人。

「だめだこりゃ」クッピシュ氏が悲しそうに言った。「みんな……が健康だなんておかしいじゃない……か!」

「これはひどいことだ!」ハインツが宣言した。「自由世界では花粉アレルギーの人には専用のテレフォンサービスがあるんだ。なのに共産圏では花粉アレルギー持ちが電話を持つこともできないなんて」

「サービスって、どんな?」クッピシュ氏は知りたがった。

「つまり、いまどんな花粉が飛んでるかだよ」ハインツが説明する。「ポプラとか菩提樹《ぼだいじゅ》とか……はちみつの場合と同じだ。おまえたちはただはちみつとしか知らないけど、俺たちのほうではいろいろあるんだ。アカシアのはちみつ、クローバーのはちみつ、森のはちみつ……」

「それでおまえたちのところでは、みんなこれこれの花粉にだけアレルギーがあって、ほかの花粉にはないのか?」疑わしそうにクッピシュ氏がきいた。彼は西側の個人主義がそんな風に洗練された表れ方をするなんて、考えたこともなかったのだ。

「そのとおり」ハインツが言う。

クッピシュ氏はおどろいて口をぽかんと開け「そりゃあ見ものだ」とみんなに向かって言った。

そこで大道具係が口を開いた。「ブレヒトかハイナー＝ミュラーだったら、弁証法的に着手するんじゃないですか。彼らがもしも花粉アレルギーだったら、陳情書を書いて花粉テレフォンサービスを要求すると思いますよ――たとえ彼らが電話を持ってないとしても」

「はん、それで?」クッピシュ氏が不機嫌に尋ねた。「それでブレヒトになんの得があるっていうんだ?　テレフォンサービスができてもブレヒトはまだ電話を持ってないいんじゃないか。弁証法はこれで終わりだ」

「それがそうでもないんですよ!」大道具係が勝ち誇って言う。「もしも花粉情報サービスができたら、ブレヒトはもう一回陳情書を書くんです。花粉情報サービスがあるんだから、電話をもらわないといけないんです！」

「どうして？」

「だって、花粉アレルギーの人が電話を持っていなかったら、なんのためのテレフォンサービスなんですか？」

大道具係のこの提案はあまりに魅力的で、だれも反対できなかった。結局クッピシュ氏があきらめてこう言った。「電話をもらえるのは、どうせシュタージのやつだけさ」

シュタージの隣人はクッピシュ氏を不愉快な気分にしたが、一方でクッピシュ夫人は進んで彼らに自分を印象づけようとしていた――体制に従順な一家の母という役どころで。たとえば、彼女は本当に新ドイツ新聞を取った。けれどそれは毎朝読むためではなく、毎朝郵便受けからのぞかせるためだった。彼女は郵便受けに包装紙をたくさん敷いて、新ドイツ新聞が収まりきらないようにした。アパートの入口に並んだ郵便受けの前を通る人はだれでも、クッピシュ家は新ドイツ新聞を読んでいるのだと否応なしに目にすることになった。

いつものようになにかの祝典の期日が決まると、クッピシュ夫人はアパートの廊下でシュタージの隣人を待ち構えていて、偶然の出会いを装って言った。「あら、ちょうどいいところでお会いしましたわ」とクッピシュ夫人は呼びかける。「悪いんですけど、空気マットを二枚貸していただけません？　我が家を宿舎に割りあてるんですよ。また〈青年の祝典〉が行われますからね」。キーワードである「宿舎に割りあてる」と「青年の祝典」の発音はまだ少したどたどしかった。共同の大事業に対するクッピシュ夫人の情熱は、まだ歴史が浅いからだ。逆に空気マットという言葉はとてもなめらかに発音できたので（クーキマッと聞こえた）、注意深く耳を傾ければだれでも、クッピシュ夫人は快適な海水浴のための小道具たちとは気のおけないあいだがらだと気づいただろう。クッピシュ夫人自身もそのことに気がついて、新たな試みを始めた。「ああいう青年の祝典って、いいことですよね」。隣人が黙ったまま二枚の空気マットを引っぱり出し始めると、クッピシュ夫人は叫んだ。「若い人たちのためですもの！　そのためなら、狭い家でももう少し場所をつめるくらいはしなくちゃ、そうじゃありません？」クッピシュ夫人は心の中でこう思っていた。「さあさあ、わたしたちがどんなに社会主義的な家庭だか、さっさと上に報告しなさいよ」。そして声を張り上げてこう言った。「うちに宿舎を割りあてられた人たちは、きっと快適に過ごせると思いますわ！」

クッピシュ夫人が「青年の祝典」と「宿舎の割りあて」という二語を使ってさらなる文章を組み立てているとき、ミヒャとマーリオが階段を上ってきた。クッピシュ夫人は、シュタージの隣人にも聞こえるように、息子にあいさつした。「ミーシャ！　ちょうどよかったわ。ご飯ができてるわよ。あんたの好きなゾルヤンカ（ロシアのスープ）よ！」

「ゾルヤンカ？」マーリオは間髪を入れずきき返し、怒りで目をぎらつかせた。ミヒャは母親のせいで恥をかかされたように感じた。彼は断じてゾルヤンカ好きのミーシャなんかじゃないし、マーリオの前ではなおさらだ。「まずは赤の修道院で、次はロシア人のエサに飛びつくってわけか。真っ赤なロシアのくそ野郎になれるぜ！」

マーリオはこの数日信じられないくらいかりかりしていた。彼の長い髪に別れを告げなくてはならなかったからだ。何があっても切らないと何度も何度も誓っていたのに、やはり切ることになった。それも、あからさまに強制されたわけでもないのに。マーリオが長い髪を切ったのは、小型オートバイの試験で、とにかく長髪であればどんな人間でもすべて落第させることに情熱を傾けるという悪名高い試験官にあたったからだ。彼のやり方は悪意に満ちていた。なんと試験の前にこっそりと制動灯を切っておいて、髪の長い受験者を、運転開始前に車両に異常がないかを確認しなかったという理由で落とすのだ。マーリオは一度落とされていた。ガソリンのコックを閉めたオートバイで試験コースに送り出され、数メートル走っただけで、交差点の真ん中で止まってしまったのだ。追試でまたもやこの悪名高い試験官にあたったことを知らされたマーリオは、試験の十分前、うす暗い廊下でオートバイのヘルメットをかぶり、はみ出した髪をぜんぶ切り落とした。彼は合格したけれど、ヘアスタイルは当分の間完全に減点で、ミーシャをゾルヤンカによんだクッピシュ夫人とアパートの廊下で出くわしたとき、クッピシュ夫人には彼がだれだかわからなかったくらいだった。それと同じように、彼にも彼女がだれだかわからなかった。クッピシュ夫人は相変わらず二十歳老け込んだように見えたのだ。

そしてハインツが再びやってきたとき、彼もだれだかわからなくなっていた。彼は絶食をして、五週間の間に百六十六ポンドから百三十ポンドまで体重を落としていたのだ。彼は何も食べず――彼の言葉を借りれば「シベリアの収容所よりも少ない食べもので」――毎日体重を落としていった。「シベリアで石切りをするよりもっと汗をかいたぞ!」ハインツは本当に軽くなってしまって、指定席の安楽いすに腰を下ろすと、スプリングまでがいつもと違う音をたてた。

「まあ、ハインツ、くぎみたいに細くなっちゃって。いらっしゃい、さあテーブルに座って」クッピシュ夫人は心配して言い、またもや引き出し式テーブルを有効活用しようとがんばっていたクッピシュ氏を追いはらった。

「ハインツ、サナダムシでも持ってるの？」伯父を見て驚いたミヒャが言った。
「いいや」ハインツはそう言って服を脱ぎ始めた。「密輸したものがあるんだ！」
だらりと身体に引っかかっていたスーツの下に、彼はもう一着、まるであつらえたように
ぴったり合ったスーツを着こんでいた。「おまえにプレゼントだ！」ハインツは厳かにミヒャ
に言った。「おまえがダンス教室で引き立つようにな！　さあ、これでおまえたちのところで
こころゆくまで食うぞ、な！」彼の笑い声が響き渡った。「着てみろ、合うかどうか見せてく
れ！」口いっぱいに食べものをほおばったままハインツはそう怒鳴った。「ミヒャ、考えても
見ろよ……ここ何週間も、俺がどんなに想像してきたか……また腹いっぱい食ってやるぞ……
おまえのスーツさえ持ち込んじまえばってな！」
ミヒャはうなずいた。スーツを持ってくるのは合法なんだと、ハインツに教えることはど
うしてもできなかった。ずっと後になって、ハインツがとっくにもとの百六十六ポンドを取
り戻し、昔のスーツを着られるようになってからも、ミヒャは彼の西側の伯父の伝説的なス
ーツ密輸を褒めたたえることを決して忘れなかった。
そういうわけで、ダンス教室の修了祝いの舞踏会では、いちばんきれいなパートナーだけ
でなく、いちばんきれいなスーツまでもが彼のものだった。それは本当に夢のようなデザイ

ンのスーツで、ミヒャが舞踏会のために家を出たときには、展望台からの嘲笑さえなかった。

ミリアムは深い青色のビロードのイブニングドレスを着ていた。マーリオもメガネもデブも、もう長いことなかったくらい、そしてこれからも長い間決してないだろうというくらい、精一杯お洒落《しゃれ》をしていた。彼らは靴を磨いてさえいた。こうして八十の磨かれた靴が再びフロアをくるくるとまわった。シュロート先生の靴と二人の社交ダンサーの靴も一緒に。

そしてなんといっても、ミヒャとミリアムはベストカップルだった。ミヒャはいちばん上手なダンサーでもあった。ミヒャはどのダンスでも余裕たっぷりにミリアムをリードしてフロアをまわり、彼女がどんどん彼に身体を預けていくのを感じていた——彼のリードは信頼できると彼女は思ったのだ。そのとき初めて、男であるとはどういうことでもあるのか、ミヒャにはわかったような気がした。そして男として一人の女のために存在することが、自分にもできるんだと思った。ふだんは気弱にあたりを見回すばかりのミヒャが、その晩は彼女の瞳に吸い込まれてしまいそうだった。まなざしだけで、どれほど多くを体験することができることか。ミヒャにとってそれは発見だった。

ミリアムはミヒャの瞳を見つめて、彼が彼女以外にはもう何も目に入らなくなる様子を楽しんでいた。だから、舞踏会場の前にやってきたアーヴォのエンジン音も彼には聞こえなかった。それは、よりによってミヒャのいちばん得意なダンス、タンゴの最中だった。有名な「ラ・クンパルシータ」の激しいリズムの背後に、停車したアーヴォのエンジンが、静かにずっとうなっていた。そしてダンスが終わると、ミリアムはミヒャに別れを告げた。「いちばんよいところでやめなくちゃ」。彼女はそれだけを言うと、彼を置き去りにした。みんなが見ていた。だれもこの瞬間、ミヒャと替わりたいとは思わなかった。たったいままで、彼は今夜の王子さまだったというのに。我に返ると、ミヒャは通りへ飛び出して、彼女の後ろ姿に叫んだ。「ちがうよ！　いちばんよいところは、もう一度くりかえさなくちゃ！」けれど彼女はもうアーヴォのライダーにしっかりと抱きついて、走り出していた。裾の長いイブニングドレスのせいで、彼女は横座りしていた。ミヒャが後ろから何か叫んでいたけれど、彼女にはもう聞こえなかった。

打ちのめされた男ミヒャがダンスホールに戻ると、みんなが突っ立って彼を見つめた。ワルツの演奏が始まり、榴散弾はもう何やら期待し始めていた。けれどミヒャは片方の社交カマダンサーの手を取ると、彼とワルツを踊った。一曲だけ。そのあと彼は社交カマダンサーを置き去りにしてホールを出た。彼は泣いていたと言う者もいたし、赤くなって震えていたと言う者もいた。けれど彼のワルツは文句なしだった。ちなみにミヒャがリードだった。いつのまにか、彼はそれほどうまく踊れるようになっていたのだ。

　何日か後に、ミヒャは郵便受けに一通の手紙を見つけた。宛名も、送り主の名前も書いてなかったけれど、赤いハートで封がしてあった。ミヒャはさっそく封筒を破って手紙を取り出すと、アパートを出た。そこで彼はチクケイにぶつかった。手紙はミヒャの手から落ちて、風の強い日だったので、ひらひらと飛んでいった。ミヒャは手紙を追いかけて走ろうとしたけれど、チクケイはミヒャをつかまえて、身分証明書を検査すると言い張った。手紙はどんどん飛び去っていき、死のゾーンに入って、やぶに引っかかった。もっともそれはミヒャには見えなかった。後になって、ほうきの柄に鏡をくくりつけて死のゾーンをのぞいたときにやっとわかったのだ。彼はこの手紙を簡単にはあきらめず、その日からこれを取り戻すためにあらゆることをやってみた。

　それはミヒャがもらった初めてのラブレターだった。そして死のゾーンに着地した。ミヒャはその手紙に何が書いてあるのか知らなかった。その手紙がミリアムからかどうかさえ知らなかった。もしかしたら榴散弾が書いてよこしただけかもしれない。それとも、ミヒャが一緒にワルツを踊った社交カマダンサーかもしれなかった。それとももしかしたら、あの手紙はそもそもミヒャあてなんかじゃなくて、姉のザビーネあてなのかもしれない。もちろんミヒャは、どうかあの手紙がミリアムからでありますようにと願っていた。こうしてそれから何週間も何か月も、ミヒャの周りのなにもかもがその手紙を中心に回った。彼はどんなことをしても手紙を取り戻したかったけれど、どんなことがあってもミリアムにはきけなかった。彼女の手紙が死のゾーンに飛んでいってしまったなんて、告白する勇気がなかったのだ。あまりにもばかばかしいし、そもそも侮辱になる、とミヒャは思っていた。そのうえもしも手紙がミリアムからではないのに、彼女にラブレターのことを尋ねたりしたら、やっぱり恥をかくだろう。ミリアムが彼にラブレターを書くなんて思い込んでしまったことになるのだから。

いいえ、わたしは悔やんじゃいない

まず最初に、ミヒャは手紙を釣り上げようとした。これはマーリオとやった。マーリオは鏡を持って、手紙が見える方向にミヒャの釣りざおを導く役目だ。二人は釣り針ではなくて、東独製万能接着剤「キティフィックス」をたっぷり染みこませた消しゴムを使った。接着剤を塗りたくった消しゴムは、ただ手紙に触れさえすればよかった。あとはキティフィックスが固まって、壁を越えて手紙を釣り上げられるまで数分待つだけだ。

ミヒャがミリアムに関して収めた成功を、マーリオはほんの少しもねたんでいなかった。彼もちょうど「出会いがあった」ところだったのだ。それはライプツィヒ通りのエレベーターで知り合った女だった。彼女は、パリジェンヌはきっとこんな感じだろうとマーリオがいつも想像していたとおりの外見をしていた。ベレー帽の下でなびく赤い髪、とっくりのセーター、わきに抱えたサルトルの本。マーリオより何歳か年上で、二十代の前半といったところだった。そのときマーリオとメガネは、またしても大学での非政治的な専攻にはどんなものがあるかについて――もっと正確に言えば、非政治的な専攻はないということについて議論していた。医学でさえ例外ではない。国家人民軍の将校を執刀するときには、医者は特別にうんとがんばらなくてはならないからだ。マーリオとメガネが七階で降りて、そのサルトル読者の女の人に「じゃあ！」とあいさつすると、彼女は「よい晩を！」と言ってくれた。そしてマーリオが最後に見たのは、閉まるエレベーターのドアの向こうの、思わせぶりな含みを持った微笑みだった……。

「モナリザみたいに笑ったんだ！」壁の横にしゃがんで、マーリオはミヒャに説明した。ミヒャは、自分たちがいまキティフィックスが乾くのを待っているところだというのをほとんど忘れかけていた。それくらい、マーリオとこのライプツィヒ通りのモナリザがそれからどうなったのかが気になっていたのだ。

マーリオは、彼女が十四階のボタンを押したのをかろうじて見ていた。そこで彼はビルの外階段を駆け上がった。まるで気が触れたみたいに駆け上がりながら、十四階までですんだ我が身の幸福を、マーリオは感じていた。メガネが言うには、ライプツィヒ通りの一連の高層ビルは、シュプリンガービルを見えないようにしてしまうというただひとつの目的のためにだけ建てられたものらしいからだ。そういうことにメガネはくわしいようだった。シュプリンガービルというのは、西側の、ベルリンの壁のすぐ向こうにそびえる高層ビルで、運が悪ければマーリオは、シュプリンガービルの高さよりも上まで駆け上がるはめになったかもしれなかったわけだ。けれどそのことにさらに思いをめぐらす前に、マーリオは十四階にたどり着き、ドアを開けると頭から廊下に飛びこんだ。ちょうど廊下のいちばん奥で一枚のドアが閉まったように見えた……そして再びそのドアが開いた。エレベーターの美女がそこに立ってマーリオに微笑みかけていた。それはまたもモナリザみたいな微笑みだった。マーリオは勇気を奮い起こし、疲れきった足取りで彼女に近づいた。目の前が真っ暗で、息も絶え絶えだった。

「それで彼女になんて言ったんだよ?」とミヒャは尋ねた。その光景が目に浮かぶようだった。

「非政治的な専攻分野を知ってる?って言った」

答えの代わりに、エレベーターの美女はまたも微笑んだ。マーリオはさらに続けた。「モナリザみたいな微笑みだね」。美女は悠然とこの賛辞を受け取った。「そうかもね、わたしは絵描きだからじゃないかしら」そう言って、彼女はマーリオを彼女のアパートへ招き入れた。そこはアパートというより穴ぐらで、壁には大きな絵が何枚も立てかけられていて、手づくりの幻想的なランプがあった。

その晩ずっと、朝がくるまで彼らは語り合った。マーリオがとっさに思いついた非政治的な専攻分野に関する質問から始まって、実存主義の最初の講義まで。マーリオのエレベーター友だちがモナリザに似ているのは、その微笑みだけだった——実際は筋金入りの実存主義者だったのだ。だれも自分の意思に反して何かをする必要はないの。実存主義者はマーリオに向かって訴えた。だれでも自分自身に責任があるの。自分の不幸の責任も自分にあるのよ。だってあなたにはいつも決断の自由があるんだから。彼女はそう言った。あなたは、自分がすることの責任を人に押しつけたりはできないの。マーリオにとって、すべてがまったく、本当にまったく違っていた……なにもかもあまりにも新鮮で、とてつもなく偉大だった。そこには本当に自由があり、なにか特別なものがあり、つまりすべてがあった。窓の外には死のゾーンが見えるような家に住む人間が、どんな風に自由の賛歌を歌い、自由を切望してやまないのか。それはマーリオを感激させただけでなく、彼の人生までも変えてしまった。エディット・ピアフが一晩中「Non, je ne regrette rien」と何度もくりかえし歌っていた。わたしたちは自由の刑を宣告されている、と三本目のブルガリアワイン「熊の血」の栓を抜いて実存主義者が叫んだ。このびんのラベルの上には、フランスワイン「シャトー・ラフィット」のラベルが貼り付けられていたが、これは彼女の手書きだった。ずっとこの歌を聴き続ける刑も宣告されているのかとマーリオは尋ねた。そうよ、と実存主義者は答えた。まず第一に、レコードプレーヤーは勝手には止まらないし、第二に、あなたが自分で立ち上がらないかぎりすべては永遠に続くのよ。

実存主義者は立ち上がって窓から外を眺めた。死のゾーンのアーク灯がきらめいていた。彼女はもうワインを一本以上飲み干していた。「わたしたちは自由の刑を宣告されている」と彼女は言った。「ねえ、これが壁にとってどんな意味を持つか、わかる？　サルトルはベルリンの壁についてなんて言うと思う？」

マーリオはまだ実存主義にしっかりと習熟していなかったので、あてずっぽうに答えるしかなかった。「いつか西側へ行けるだろうって」

「ちがうわ」彼女は言った。「ちょうどその逆よ」

「ぜったいに西側には行けないって？」マーリオがきいた。

「いつか壁はなくなるだろうって」。実存主義者はそう言った。それはマーリオにとってあまりにもすさまじい話だった。どんな想像の限界も超えていた。壁がいつか突然消えてなくなるかもしれないなんて、そんなこと自分一人ではぜったいに考えつかなかっただろう。実存主義者はエディット・ピアフを止めて、「ジュテーム」をプレーヤーに載せた——彼女は自分がしたいことをよく知っていた。ここからは、彼女はささやき声になった。「ほかの人みんなを自由にして、初めてあなたも自由になるのよ」と彼女は言って、自分とマーリオの服を脱がせていった。「どういう意味か、わかる?」彼女はささやいた。「ジャン・ポール・サルトルがこの言葉で何を言いたいのか、わかる?」マーリオにはそれはわからなかったけれど、ほかにはたくさんのことを理解した。彼らは十二時半に始めて、終わったのは五時ごろだった——本物の実存主義セックスだった。そしてマーリオが次の朝目ざめると、彼女はベッドのふちに腰掛けていた。裸で、ベレー帽だけをかぶっていた。彼女はマーリオに笑いかけた。「ねえ、わたしはあなたの童貞を奪ったのかしら?」

広場をぶらつく仲間の中では、女とそれをしたのはマーリオが最初だったので、ミヒャはなにもかもくわしく知りたがった。どういうふうにやるのか、それにまつわるもろもろぜんぶ。マーリオは立ち上がって実演して見せた——彼は昨日の晩したとおりに腰を動かした。ミヒャも立ち上がって、マーリオのまねをしようとした。「こう?」と彼はきいた。それから二人は向かい合い、それぞれしばらく自分の性交に没頭していた。ミヒャがきいた。「それでどれくらいこれをやらなきゃいけないんだ?」

マーリオが話し終わったときには、キティフィックスはとっくの昔に乾いていた。けれどマーリオが話したことは昨日の夜起こったばかりだったので、マーリオはとても疲れていて、鏡に映った白いビニール袋を例の手紙だと思ってしまっていた。ミヒャがやっとの思いで釣りざおを引き上げて、消しゴムにビニール袋だけがくっついているのを見たとき、展望台からまたもや西側の学校中の生徒がはやしたてた。「おめでとうツォーニ、大当たりだぜ! 西側のビニール袋だ!」

三週間後、マーリオとミヒャはエルトムーテ・レッフェリングのところに呼び出された。いったいどうしてなのか、二人ともさっぱりわからなかった。これはあまりよい兆候ではなかった。特に見知らぬ男がそこに座っていたのだから、なおさらだった。エルトムーテ・レッフェリングは首を振り振り西側の写真誌をめくっていて、たまにため息をついたり、それどころかうめき声を上げたりしていた。マーリオとミヒャは、どうして校長が西側の写真誌をめくるところを自分たちが眺めなければならないのか、わからなかった。見知らぬ男が気を取り直して、ようやく息を吸い込むと苦しそうに言った。「定期的に敵のものを読むのは、ドイツ社会主義統一党地区司令部書記の不愉快な義務のひとつでね」。ここで彼は一呼吸おいて、ミヒャとマーリオにこの言葉の意味を考える時間を与えた。そこでマーリオは実際にこの党幹部に理解を示して、ため息をつくとこう言った。「はい、それ以外では本当にすばらしいお仕事なのに、この点だけは大変ですね」。マーリオはこれをとても無邪気な調子で言ったので、ドイツ社会主義統一党の書記は、まさかマーリオにからかわれているとは夢にも思わなかった。けれどこの党書記がマーリオとミヒャに写真誌を見せると、二人は息を呑んだ。どうしてここに呼び出されたのか、その瞬間にわかった。ミヒャは怖くなった。写真誌から目を上げてエルトムーテ・レッフェリングのこわばった顔を見た瞬間、恐怖のあまり校長が怪物になったように見えたくらいだ。エルトムーテ・レッフェリングの頭は、ミヒャがこれまで見たどのときよりも大きかった。

ミヒャはこれまで、やっかいなことを切り抜けられなかったことは一度もなかった。三年生のとき以来、ミヒャはもう大人の策略にはまったりはしない。あの日、エルトムーテ・レッフェリングが授業中に突然現れて、黒板に「ベトナム」と書くと、ミヒャは担任から前へ呼ばれたのだった。ミヒャは、特に恵まれない子どもたちが住んでいるところを地球儀上で指すようにと言われた。もうすぐ連帯募金活動があるんだとミヒャには見当がついたけれど、またしても廃品回収をするのはいやだった。そこで彼はアメリカ合衆国を指した。エルトムーテ・レッフェリングがこれに反対できるはずがあるだろうか？「いいえ、アメリカ合衆国の子どもたちは特に恵まれています」とでも言うのだろうか？「そうですね、それからほかには？」と彼女はきいた。「ドイツ連邦共和国」とミヒャは答え、またしてもエルトムーテ・レッフェリングにはなすすべがなかった。「そうですね、それから？」と彼女はきき、「はい、資本主義の国ぜんぶです」とミヒャは答えた。――「じゃあ、ベトナムはどうですか？」と、エルトムーテ・レッフェリングは当時九歳だったミヒャにきいた。そしてミヒャはこう答えたのだ。「ベトナムでは子どもたちはずっと恵まれています。ベトナムの子どもたちは解放を信じて待っています。無敵のベトナム人民はそのために戦っているんです！」

党書記が差し出した写真誌の中にマーリオとミヒャが見たのは、大きく目をむいてものごいをするみたいに両手を差し出し、撮影者を見つめている自分たちの写真だった。ミヒャもマーリオもすばらしく撮影されていて、さらに、それでなくても十分強烈な印象のこの写真には、説明書きまでついていた。「東の窮乏――国民はいつまでおとなしくしていられるのか？」

党幹部とエルトムーテ・レッフェリングは、黙ったまま非難がましい目つきでミヒャとマーリオをじりじりと焼き尽くした。ここでミヒャは内気な咳払いをひとつすると、突然自信たっぷりに、それどころか決めつけるように言い放った。「これではっきりしました！」わざと少し間を置いたあと、どんどん調子を上げながらミヒャは話し続けた。「やつらがどんなうそをつくのか、これではっきりしたんです。そしてこんなうそをつかなくてはならないということは、やつらはもうおしまいだということを示しているんです。もっとこういううそをついたらいいんです！　うそがより汚らわしいほど、敵はもっと追いつめられているということですから」

　特定の状況下でどうやって困難を突破すればいいかを、ミヒャは知っていた。それどころか党幹部はミヒャの論拠に好意的な様子さえ示した。この少年が悪質なメディアに提供したもの、それは喜ばしいことではない。しかし彼の分析はどうだ――みんな聞いてくれ。「うそがより汚らわしいほど、敵はもっと追いつめられているのです」。エルトムーテ・レッフェリングはミヒャの「もっと」という比較級の使い方に同意できなかったけれど、ミヒャはもうとどまるところを知らなかった。「うそがもっとも汚らわしければ、敵はもっとも追いつめられているのです」。党幹部はミヒャの将来について思いをめぐらせ始めた――カール・エードゥアルト・フォン・シュニッツラー[11]だっていつかは引退するのだ。しかしとりあえずミヒャは討論会で演説をするという罰を食らった。テーマは「嘘《うそ》と敵と階級闘争」という美しい響きのものだった。この演説でミヒャは、個人的な経験に始まり、分析を経て、一般的な道徳観にまで言及しなければならないことになった。

こうしてミヒャはまたしても彼一流のやり方で事実をごまかしたのだった。党幹部はけしからん写真の載った雑誌をぱたんと閉じ、それどころかミヒャに感じよくうなずきかけさえした。そのとき、突然マーリオが口を開いた。反抗的に、彼は言った。「自由への飢えはパンへの飢えより大きい！　サルトルがそう言ったんだ！　マハトマ・ガンジーだったか？　それとも人権への飢えだったか？」マーリオは興奮してわけがわからなくなっていたけれど、自分が何をしたいのかは知っていた。悪者に仕立て上げられたものすべてを公然と支持すること――サルトル、ガンジー、自由、人権。この四つの言葉は徹底的に悪と見なされていたから、実際はマーリオが決して知っていてはならない言葉だったし、ましてや口に出すなんてぜったいに許されないことだった。ミヒャは最悪の事態を防ごうとして、マーリオが言ったのはもちろん「いわゆる」自由と「いわゆる」人権のことです、と言った。けれど無駄だった。党幹部はミヒャに向き直り、氷のように冷たい声でこう言った。「君のいわゆるお友だちが、いますぐいわゆる正気に返らなければ、彼はいわゆる退学ということになるね！」彼に向かってマーリオが叫んだ。「俺はいわゆる正気に返ったりしないぞ！」

それから、だれも知らない言葉がもうひとつ出てきた。「除籍処分」。メガネでさえ、この言葉をまだ聞いたことがなかった。けれどそれがどういう意味なのかは、みんなすぐにわかった。こんな言葉を使うなんて、だれにも思いつかなかった。それくらい非情で冷たい響きの言葉だ。それは、抵抗する術《すべ》のない何かみたいな響きだった。

メガネは、完全に非政治的に見える専攻をちょうど思いついたのだが、気の毒でマーリオに話すことができなかった。何週間もたって、やっと彼はマーリオに、口腔《こうこう》病学には何か政治的なものが見つかるだろうか、ときいてみた。マーリオはほんの二秒間考えただけで、メガネに賛成した。口腔病学は非政治的だ。「だけど政治にかかわらずにいるためだけに、他人の口の中をいじくりまわす気に本当になれるか？」

実存主義者がマーリオを慰めた。彼らはまた一晩中「Non, je ne regrette rien」を聴いた。「この歌、なんて言ってるかわかる？」と実存主義者はきいた。「『いいえ、わたしは悔やんじゃいない』って歌ってるの」。彼女はこうも言った。重要人物はみんな学校から追い出されるものよ。マーリオは、こんなふうに追い出されただけではまだ重要人物じゃない、と言い、実存主義者もそれには反論しなかった。「だけど、これは何かの始まりではあるわ」

彼女は正しかった。マーリオの人生でもっとも美しい時代が始まった。毎朝目ざまし時計をたたき壊してもう一度ベッドに潜りこむことができた。恋人がいた。そしてだれに指図されることもなかった。実存主義者とはもともとだれにも指図されないものなのだが、マーリオには指図をしようとする人さえいなかった。マーリオと実存主義者はみんなのあこがれのカップルになった。ほかのみんながただあこがれるだけのことを、彼らはぜんぶやってのけた。天気がよければ泳ぎに行って、天気が悪ければまくら投げをした。朝食ではお互いに目を閉じて相手に食べさせたりすることもあった。彼らはもう決して一人ではベッドに入らなかったし、一人ではシャワーも浴びないくらいだった！　そして彼らはよくこう言った。楽園は、きっとこんなふうだったんだ。彼らはたくさん本を読み、聖書やそのほかの世界宗教について議論し（その際仏教がいちばん高く評価された）、ジークムント・フロイトやフリードリヒ・ニーチェやレオ・トロツキーやルドルフ・シュタイナーについて議論した（その際ジャン・ポール・サルトルがいちばん高く評価された）。新しいレシピを発明したり、自分でパンを焼いたり、または絶食をしたりと、食事でいろいろな実験をした。

実存主義者は、マルクブランデンブルクの荒野に隠遁《いんとん》して哲学と読書を交代でするというアイディアに惚れ込んでいた。彼女はまるでディオゲネスのように、夏中ずっと樽《たる》の中で生活してみたかった。彼女はそのための樽を、夜こっそりと「ベルリン市場」への搬入通路から転がしてきた。樽ごもりの幕開けとして、彼女は聖霊降臨祭の休暇を選んだ。ベルリンで開催される青年の祝典から逃げるためだった。シュテッヒリン湖の土手で樽の中にしゃがみ込んだとき、彼女は山のように本を持ち込んでいた。ありとあらゆる哲学者の本と、シラーの「ヴィルヘルム・テル」。けれどたった四時間で彼女は樽の中に横たわるのをやめた。あまりに辛かったのだ。「もしアレクサンダー大王にひとつ願い事ができるなら、ディオゲネスみたいに『日を遮《さえぎ》らぬようそこをどいてくれ』とは言わなかったわ。『尻に敷くクッションをくれ』って言ったと思う」

こうしてマーリオと実存主義者はベルリンへ戻って来て、留守中に何が起こったのかを聞いた。青年の祝典の最中に、ゾンネンアレーでこの先ずっと語り継がれることになる事件が起こっていたのだ。

アヴァンティ・ポポロ

クッピシュ家に宿舎を割りあてられて、クッピシュ夫人がシュタージの隣人から借りた空気マットで眠ることになった客は、ドレスデン近郊のピルナから来た二人のザクセン人「デア・オラーフ」と「デア・ウード」だった。彼らは名前の前に基本的に必ず定冠詞「デア」（女性の場合はディ）をつけた。クッピシュ一家は事情を飲みこむまで、ウードの恋人はディアナという名前だと思っていたけれど、実際はヤーナという名前だった。オラーフもウードも彼女のことをずっと「ディ・ヤーナ」と呼んでいたのだ。彼らはお世辞にも賢いとは言えなかった。もしかして「無知の谷」から、つまり西側のテレビ放送をまったく受信できないザクセン地方から来たということと関係があったのかもしれない。ベルリンの壁が家の窓の目の前にあるのを見たデア・オラーフとデア・ウードは、あの向こうは西ベルリンなのかと尋ねた。クッピシュ夫人はため息とともに「ええ、残念ながらね」と答えた。デア・オラーフとデア・ウードは驚きのあまり口をぽかんと開け、やっとのことで片方が本音をもらした。「俺たちには無理だわな。いつも危険と隣り合わせの生活なんてな」。もう片方が、「あっちの犯罪」に巻き込まれてすぐに流れ弾が飛んでくるだろうとつけ加えた。クッピシュ夫人はまたもため息をついて言った。「ええ、でもそれにも慣れるもんなのよ」。彼女はこの二人の勘違いをいますぐ正してやろうという気になれなかったのだ。けれど、もしも彼女がもう少し彼らにかまってやっていたら、真夜中の国境でデア・オラーフとデア・ウードが西ベルリンへの車の流れをぜんぶ止めてしまう、という事件は起こらなかったかもしれない。クッピシュ一家はこの後全員が「事情説明のため」警察本部に呼び出された。「俺にはわかってるぞ！」クッピシュ氏は召喚状を読むとクッピシュ氏は腹を立ててそう言った。「これはシュタージのしわざだ！」クッピシュ夫人は神経がすり減ってどうにかなってしまいそうだった。「あの人たちを家に呼んだのは、ミーシャを赤の修道院にやるためだったのよ！」彼女は誓って言った。「まさかこんなことになるなんて、思いもしなかった……」

そうだ。デア・オラーフとデア・ウードが共産主義世界革命を起こそうとするなんて、だれもが思いもしなかった。彼らは、社会主義に心酔するあまり、西ベルリンへ自動車で帰る人たちをゾンネンアレーの国境検問所で煽動《せんどう》して、西ベルリンに革命を起こそうと目論《もくろ》んだのだ。デア・オラーフとデア・ウードは自分たちの計画に確固たる自信を持っていて、世界共産主義の十日以内の勝利に二十マルク賭けたくらいだった。たったひとつの問題は、すべてがたくらまれたとき、彼らの血液中のアルコール量が一・二パーミルから一・六パーミルもあったということだ。オラーフとウードは代表団たちと居酒屋パークアウエで浴びるように飲みながら、まずは政治一般について、そしてついには共産主義世界革命の勝利の可能性について議論した。「もし労働者が、俺たちのところがどんなんか知ったらな……そうすりゃみんな搾取《さくしゅ》の体制に対して立ち上がるぜ!」デア・オラーフとデア・ウードはそう叫んだ。片方のろれつが回らなくなり、もう片方の目の焦点が合わなくなったころ、彼らは二人だけでゾンネンアレーの国境検問所へ行き、シックなメルセデスを何台も止めると運転手たちを車から降ろし、自分たちが「アジテーション」だと考えていることを始めた。つまり、西ベルリン人たちに向かって社会主義の恩恵を褒めたたえたのだ。

「無料の学校教育!」

「無料の医療!」

「安定した物価!」

そのうち、やっている自分たちにもなんだか妙に思えてきて、やめたくなってきた。けれどオラーフが叫んだ「安い家賃!」が、一人のメルセデス運転手から反抗的に「安さに見合った狭いアパート!」と補足されたとき、二人は強硬手段に出た。つまり、西側に帰ろうとする者はみな、まずむりやり闘争歌を歌わされたのだ。デア・オラーフが大声で手本を示し、辛抱強く指揮をする一方、デア・ウードはメルセデス・ベンツの星のマークに紙製の旗をはさんでいった。真夜中ごろには、十人の西ベルリン人からなるコーラス隊が勇ましくイタリアの革命歌「アヴァンティ・ポポロ」を歌い、そのうえ東ドイツ国旗まで振っていた。けれど闘争歌が終わってデア・オラーフが革命について話し始めると、一人の西ベルリン人が彼の言葉をさえぎった。「なあみんな、俺は革命大賛成だ。けどあそこの角の八百屋を見たら、革命への情熱が萎《な》えちまったよ。たしかに、おまえらの国ではクズ野菜は一年中買えるんだよな。たいしたもんだ!」しばらくすると救急隊員が二人どこからともなく現れて、デア・オラーフとデア・ウードを拘束着でくるんでどこかへ連れ去った。

この事件にはいつものように余波があった。クッピシュ一家は「事情説明」のために警察本部へ呼ばれた。けれど、オラーフとウードの宿舎になっていたとはいえ、クッピシュ家にはこの事件の責任はないということになった。クッピシュ夫人は、ミヒャが赤の修道院に進めるかもしれないという希望を捨てずにすんだ。けれど、マーリオを退学に追いこんだ例の党幹部は、こういう事件に対してもしかるべき措置が取られることを「ゾンネンアレーに住む我々の人民」に示そうと思った。そういうわけで、角の八百屋の品ぞろえが突然すばらしくなった。西ベルリン人がドイツ民主共和国で目にする最初のものと最後のものが、あわれな品ぞろえの八百屋なのだということを、党幹部は悟ったのだ。「クズ野菜は一年中買えるんだな」。痛いところをついてくれたものだ。

東側にも西側のような八百屋がひとつはなくてはならない。しかもその店は西側より安くなければならない。党幹部はそのためにみずから奔走し、熱心さのあまり敵の雑誌を読むことも忘れてしまうくらいだった。一、二週間以内に、さびれた八百屋にはとっておきの品がそろった。ところがここで、だれにも予測できなかったことが起こった。つまり、ゾンネンアレーのはしにはすばらしい八百屋があるといううわさが、瞬く間に広まったのだ。そのうわさはひとりでに広まった。というのも、「買い物に行ったんです」という言葉に「で、何か売ってましたか?」と答えるのが、それまでほとんどあいさつの決まり文句みたいなものだったからだ。数日のうちにゾンネンアレーの八百屋はとても有名になり、さらに伝説的にさえなった。いつも行列ができて、その列はどんどん長くなっていった。西からやってくる人がドイツ民主共和国で目にする最初のものと最後のもの、それは長い長い行列だった……。ちがう、こんなことになるなんて党幹部は考えていなかったのだ。彼はさっそく店を閉めさせ、それから東ドイツにしかない品物はなんだろうと熟考した。そういうものをあの八百屋で売らなければならない、と彼は考えた。数えきれないほどたくさんの西ベルリン人が新しい店の前に行列する様子を、彼はだいたんにも思い描いた。ついに彼は決定的なアイディアを思いついた。けれどそれはまだ秘密だった。

店は改築され、ショーウィンドーは布で覆われた。ゾンネンアレーのだれも、そこに何がくるのか知らなかった。もちろんいろいろなうわさはあった。西側にはないものを売る店――いったいなんの店なんだろう？　最後には、その店は輸出品だけを扱うのだといううわさがまかりとおった。ギター、クリスマスピラミッド、ヴェルネスグリューナーのビール……。

開店の日、ゾンネンアレーは黒山の人だかりだった。みんなが希望に胸をふくらませて、ありったけのお金を持ってきていた――ついにショーウィンドーの覆いが取り除かれたとき、彼らが見たのは、赤い旗、東ドイツ国旗、ホーネッカーの写真、五月のカーネーション（メーデーにつける）、自由ドイツ青年同盟のシャツ、ピオニール団[12]の太鼓、それにエンブレムだった。全品さまざまな大きさとバリエーションで。その結果、その日のうちに事務局に七つの出国申請が届いた。「いつまでも水は止まってるわ、あの赤いがらくた以外に買うものはなんにもないわ」。クッピシュ氏と同じ市電の運転手である申請者の一人は、こう毒づいた。

けれど実際にはこの店の売り上げは決して悪くなかった。特に後年、強制両替率[13]があまりに高くなって、西ドイツ人たちが彼らの東ドイツマルクを使いきれなくなったころには。東ドイツマルクを使いきる最後の機会を利用して、たくさんの人が紙製の小旗やそのほかの珍妙な品物を買っていった。八百屋のおかみさんはやり手だった。「三マルク二十ペニヒで小旗をあと百本おまけしますよ。いえいえ、そういう自由ドイツ青年同盟のシャツは八マルク五十ペニヒです。でもお金が足りなければ、その分西ドイツマルクで払ってくれればいいですよ」。こうしてもらった西ドイツマルクを彼女は取っておいて、レジは自分の財布から埋めた。西のお金は毎日十マルクずつ増えていき、それが何か月も積み重なって、一年たつころにはかなりまとまった額になっていた。八百屋のおかみさんはゾンネンアレーの大貴婦人になった。パリの香水を漂わせ、夜の女王のような化粧をし、きらびやかな絹のスカーフを肩にかけた。彼女は、自分の結婚相手が逆玉の輿だということも知っていた。というのも、彼女を手に入れた者は、インターショップ[14]で「ブラック&デッカー」の大工道具を買うことができたからだ。彼女の見た目はいまだに市場のおかみさんで、紙の小旗やホーネッカーの写真を売っていた。けれど彼女が店に立つ様子は、まるで一等地にある宝石店で接客しているみたいだった。そしてなにより不可解なことには、その店は旗やエンブレムやピオニール団のスカーフなんかで埋め尽くされているのに、ゾンネンアレーのはしっこの住人たちは、それでもそこを八百屋さんと呼んでいて、だから彼女はいつまでも八百屋のおかみさんだったことだ。

現在、クッピシュ氏はたびたびこう言う。「東ドイツ時代っていうのは、撃った弾が自分に飛んでくる独特の射撃祭みたいなもんだったなあ」。いったいそれで何が言いたいのかを説明するために、彼はいつもゾンネンアレーのあの八百屋のことを話す。

昔々、ミヒャの赤の修道院への進路を守るため、クッピシュ一家はザクセンから二人の宿泊客を家に呼びましたとさ。

もっと大きな心を

クッピシュ一家が「事情説明のため」警察本部へ呼び出されたとき、いちばん最後に家へ帰してもらえたのはミヒャだった。それは彼が体験した最初の逮捕だった——もちろん本当に逮捕されたわけではないのだが。バウムシューレンヴェーク駅からゾンネンアレーに向かって歩きながら、ミヒャは、どうかミリアムに出くわしますようにと必死に願ったけれど、残念ながら今回は彼女には会わなかった。ミヒャはよくミリアムと一緒に、バウムシューレン通りを駅からゾンネンアレーまで歩いた。なるべく長く彼女と一緒にいられるように、ゆっくり歩こうといつも目論むのだが、いざとなると彼は毎回緊張のあまり飛ぶように歩いてしまう。だから、平和に肩を並べて、という状況にはなったためしがなかった。それに彼は、一度でいいからミリアムの目の前で身分証明書の検査をされることを願っていた。そうすれば法とは逆の側の人間なのだという証拠になる。けれどチクケイは、よりによってミリアムがミヒャと一緒にいるときに限って、ミヒャを放っておいてくれた。けれど幸運なことに、アーヴォが突然ミリアムのわきに乗りつけて、彼女をさらって行ってしまうこともなかった。ミリアムとミヒャは、ゾンネンアレーがバウムシューレン通りにぶつかるところにたどり着くと、別れを告げる。そして彼は通りの偶数の番地が並ぶ側、彼女は奇数の番地が並ぶ側へと歩いていく。

こういう偶然の出会いからは、いまだに死のゾーンにあるあのラブレターがミリアムからのものなのか、ミヒャは確かめられないでいた。どうやって恥をかかずにきき出せばいいのか、彼にはわからなかった。もちろんミヒャはいまだに、あの約束のキスを期待していた。まるで農民が雨を待つみたいに、彼は待っていた。ある晩家に帰る途中で彼らが出会ったとき、ミヒャはついにそのときがきたと思った。その日は学期末の最後の登校日で、明日からは夏休みだった。どちらももうすぐ旅行することになっていた。ミヒャはバルト海へ、ミリアムはスロヴァキアの高タトラ地方へ。それを知ってミリアムは笑った。一年前は彼女がバルト海、ミヒャが高タトラで過ごしたのだ。暖かくて美しい夏の晩で、空気は柔らかく、すべてが穏やかだった。二人の道が分かれる地点に着いても、ミリアムはやっぱりミヒャにキスをすることは考えていないみたいだった。「前に約束したことがあるじゃないか！」ミヒャは文句を言った。「うん」彼女は穏やかに言った。「だけどわたし『いつか』って言ったのよ」。

ミヒャはショックで息を呑んだ。「だったら永遠にずっと待ってることになるかもしれないじゃないか！」絶望的に彼は叫んだ。「だから？」とミリアムは答えた。まるで子羊のように穏やかに。「だったらあんたには、これからいつも楽しみがあるってことじゃない。わたしがあんたにいつかキスするってわかってるんだから、これからもう悲しくなったりしないでしょ」

そう言って彼女は家へ帰っていった。夏中ずっとミヒャはこの言葉について考えた。そして、ミリアムをあなどりすぎていたと思った。彼もみんなと同じように、彼女は素朴な女の子だと思っていたのだ。ただ彼女が群を抜いてきれいだという、それだけの理由で。わ・た・し・が・あ・ん・た・に・い・つ・か・キ・ス・す・る・っ・て・わ・か・っ・て・る・ん・だ・か・ら、こ・れ・か・ら・も・う・悲・し・く・な・っ・た・り・し・な・い・で・し・ょ。こんなことを言える人間はきっと、待つこと、あこがれること、希望を持つことについて――つまり、僕たちが時間のほとんどを費やしていることについて――理解しているにちがいない。ミヒャは、ミリアムにとって意味のある男になるためには、もっと成長しなくてはならないと気づいた。あの修了祝いの舞踏会のときくらい自分を成熟した、大人の、男らしい人間だと感じたことはなかった、とミヒャは思い出した。すると突然、チクケイに身分証明書を検査させて自分の名声を高めようとか、約束のキスをしつこくせがむなんていう考えが、とても子どもじみて感じられた。または、自分ではないだれかのふりをするということが。ミリアムが約束してくれたキスのために、大人にならなくてはいけないとミヒャは感じた。それがどこへ向かう道なのか、彼にはわからなかった。わかっていたのは、それが簡単なことではなくて、一朝一夕にかなうことでもないということだった。けれどミリアムは言ったじゃないか。彼にはこれからいつも楽しみがあるのだ。そして彼はそれを楽しみにしていた。

アジアの草原の下っぱロシアブーツ磨き

ある日、ハインツがまたもや東側へやって来ると、国境監視員が親しげに彼を国境を示す白い線のところへ連れて行った。この線はちょうど新しく塗りかえられたところで、国境監視員がささやき声でハインツに打ち明けたところによると、十センチ西寄りに引かれているらしかった。彼の計算によれば、この線を二年に一回だけ塗り替えて、そのたびにほんの十センチずつ西にずらしていけば、東ヨーロッパは七千万年後には大西洋に届き、「もし毎年線を引き直せば、この半分の時間でやり遂げられるんです」ということだった。なんと答えるべきなのかハインツには見当もつかなかった。国境監視員が「心配しないで。我々はあんた方を救い出しますよ」と彼を勇気づけたときにも、やはり彼はなんと言っていいのかわからなかった。

ドイツ民主共和国にはパスポートがなかった。いつも身分証明書と「ビザを必要としない旅行往来のための旅行書類」という名前の紙を持って、東欧ブロックの国境監視員の前に進み出なければならなかった。ほとんどの人はこの紙をもらうことができたが、全員ではなかった。実存主義者は一度、ライプツィヒで開かれた本の見本市で、シモーヌ・ド・ボーヴォワールのエッセイの載った「ロロロ文庫[15]」を盗んだところを捕まったことがある。彼女が次の夏に旅行許可をもらえなかったのはたぶんそのせいだった。これはマーリオにとっては特に頭にくる状況だった。というのも彼は、長髪の者は東欧ブロックへさえ行かせてもらえないという話を聞いて、わざわざ髪を切ったところだったからだ。こうして彼は書類をもらったというのに、彼女はもらえず、おまけにマーリオはまたしても最悪の髪型になってしまった。

ザビーネのいまの彼氏が登山家だったことがある。彼はルッツという名前だった。ルッツは七千万年だかその半分だか待つことなしに国境を越える方法を知っていた。ルッツとザビーネがシベリア旅行のための荷物をリュックサックに詰め込んでいたとき、ハインツ伯父さんも含めたクッピシュ一家は、パスポートを持たずに遠くまで旅行をする方法についてのルッツの講演を楽しんだ。クッピシュ氏は二人がソ連まで行けるとさえ思っていなかったし、そのうえシベリアまでもたどり着けるなんて、とても信じられなかった——そんなところには、組織での観光でしか、つまりロシア語で言う「グルーパ」、要するに団体旅行でしか行けないはずだ。「個人旅行」という言葉が、そもそもロシア人にとってはナンセンスなのだ。「陳情書を書いたってどうにもならんのだ！」

ルッツは共謀者じみた顔つきで目を輝かせ、たった一言、まるで呪文のように言った。「通過査証」。一呼吸おいて、彼は説明した。「それで入って、居座る」

ハインツは自慢げに自分のパスポートを振り回した。「これで俺は自由な人間として自由な世界を自由に動けるんだぞ」

軽蔑したようにルッツが鼻をならした——パスポートなんてプチブル的な俗物の持ち物だと彼は思っていたのだ。ザビーネは誇らしげに、ルッツはモンゴルにまで行ったことがあると言った——さらに中国までも！　ふだんはいつも用心深さを絵に描いたようなクッピシュ夫人が、この話にはとても興味を持って、なにもかも正確に説明してほしいと言った。こうしてついに自分のシステムをくわしく披露することを許されたルッツはとても喜んだ。まず旅行に行くときは、これまで自分あてに発行された証明書をぜんぶ持っていく。国境監視員が、こんなにたくさん証明書があるんだからもうなにもかもきちんとしているはずだと思ってくれることを、彼は計算ずみなのだ。身分証明書以外に必要なのは、体育協会手帳（ここに顔写真を貼ると、パスポートみたいに見える）、それから兵役手帳だ。そこには軍服姿の写真があって、まるで国家に貢献する人物みたいに見える――さらにピオニール団手帳まで。もしも身分証明書と、体育協会手帳と、さらに兵役手帳まで見せて、それでも通してもらえないとき、彼は「ああ、これか、君たちが見たいのは。持ってきてて本当によかったよ！」と言わんばかりのもったいぶったおおげさな身ぶりで、おもむろにこのピオニール団手帳を取り出すのだ。

「それで、そうやってモンゴルまで行ったの？」とクッピシュ夫人が尋ねた。

「いや」とルッツ。「モンゴルに行くには、招待状がいるんだ」。この招待状は自分で書ける、とルッツは言った。そしてこの自作の招待状にもっともらしい雰囲気をつけるために、彼は招待状の下にモンゴルの硬貨を置いて、モンゴル国家の紋章を当局の公印として鉛筆で写し出したのだ。必要とされたのは「当局公認の招待状」であり、当局のあるところには当局の公印もある、とルッツは考えた。そのための硬貨――5トゥグリク玉――を、彼は世界中の観光客が小銭を投げ入れるネプチューンの泉から釣り上げた。ルッツは二か月の間、毎週のようにネプチューンの泉まで行き、くるぶしまで水につかりながら珍しい硬貨を探した——そしてついに、一人のモンゴル人が五トゥグリク玉をネプチューンの泉に投げこんだというわけだ。自作の招待状を持ってルッツは事務局へ行った。そこではだれもモンゴルの公式印に精通していなかった。こうしてルッツは書類を手に入れた。次の年、彼の友だちもやはりモンゴルに行きたいと思い、ルッツが旅行中に知り合ったモンゴル人の手助けのおかげで、本物の当局から本物の公印を押した本物の招待状まで手に入れた。

「すてきじゃない」とザビーネが言った。「だったら、わたしたちのうちだれかがモンゴルに行きたいと思ったら、いつでもそのモンゴル人に頼めるのね！」

「ちがうんだ」ルッツが言った。「それがだめなんだ」

つまり、ルッツの友だちは事務局で書類を受け取ろうとしたのだが、公印が正しくないという理由で受け取ることができなかったのだ。「招待状には別の印が必要です」と事務局員は言って、彼に正しい公印を見せた。ルッツの友だちは驚きのあまりぽかんと口を開けた。それは前年のルッツ製招待状だったのだ。

「それに俺はもうあの5トゥグリク玉は持ってないし」とルッツが言った。「まあモンゴルはあきらめよう」

さらにクッピシュ夫人は、ルッツがどうやって中国までたどり着いたのかを知りたがった。「中国はすごく難しかったよ」とルッツは始めた。彼は半日間、ソ連と中国の国境を観察した。すると一人の兵隊が目に入った。彼はどうもそこではいちばん下っぱらしかった。というのも、彼はほかのみんなのブーツを磨かなくてはならなかったからだ。国境の仮兵舎に並べられたロシアの軍靴五十足。それ以外には何も起こらなかった。アジアの草原を二時間に一台の車が通るだけだ。ルッツは、例の下っぱが出入国審査の任務に就くのを待った。もちろん彼の書類はそろっていなかったので、下っぱは煮え切らない態度で長々と書類をめくったあげく、結局ルッツを通さなかった。けれどここでルッツはちょっとした騒ぎを起こし、この下っぱの上官が出て来てこの件とかかわりあうように仕向けた——そしてもちろん、上官は下っぱとは逆の判断を下した。下っぱというのは原則的にいつもまちがっているものだから。ルッツが中国に向けて国境を後にしたとき、下っぱはすでに便所掃除に行かされていた。

クッピシュ夫人がなおも知りたがったのは、ちょうど家の真ん前にある国境検問所をルッツならどう越えるか、ということだった。「どうしようもないね」というのがルッツの答えだった。「ぜ・ん・ぜ・ん・どうしようもない」。ベルリンの壁は人を悲嘆と絶望に陥れる。なにより、モンゴル行きや中国行きまでもやり遂げた男が、越えられないと言うのだから。

それでも、クッピシュ夫人はチャンスを信じていた――彼女のチャンスを。というのも、クッピシュ夫人こそ、あのヘレーネ・ルンペルのパスポートを見つけた人間だったからだ。そしてそれ以来、彼女は努力を積んできた。つまりパスポートの持ち主ヘレーネ・ルンペルと同一人物に見えるように。そして彼女はヘレーネ・ルンペルとして壁を越えようと思っていたのだ。ヘレーネ・ルンペルはクッピシュ夫人より二十歳年上だった――この問題を、クッピシュ夫人は化粧台に向かうことで解決した。クッピシュ夫人は西側の服と靴を持っていたし、ハンドバッグの中には、ヘレーネ・ルンペルの持ち物だった、封を切った入れ歯洗浄剤「クキデント」がひとつと、まだ有効の西ベルリンの地下鉄の切符が入っていた。それにヘレーネ・ルンペルの署名も、まるで自分の署名みたいに書くことができるようになった。ある晩彼女は家を出て、夕暮れの薄闇の中、ヘレーネ・ルンペルとして出国審査をくぐりぬけようとやってきた。彼女は心配性なので、まずは安全な距離から国境検問所を観察した。西ベルリンに戻ろうとするカップルが見えた。彼らがどんな風にくつろいで自信たっぷりに壁を越えるか、どんなに大声で話すか、どんな風につくり笑いをするか、そしてどんなに堂々と偉そうにふるまうか――そういうことぜんぶを目の当たりにしたとき、彼女にははっきりとわかった。西側の人間になるためには、パスポートや靴や服やクキデントだけではだめなのだと。自分はぜったいにあの人たちみたいにはなれないのだと、彼女は知った。そして自分の家の目の前にある壁を越えることが、本当に不可能なのだということも。

こうしてクッピシュ夫人は家に帰った。ほかにどうしろというのだろう？ けれど彼女は、最後の三十メートルを進むことをためらった小心者の自分を、恥ずかしいとは思っていなかった。どちらにしても、自分は図々しい、さばけた部類の人間ではないということは、以前からなんとなくわかっていたのだ。そして、もう老けて見せる必要もなかったので、彼女はまた以前に戻った。家に帰ると彼女はすぐに化粧台に向かった。家に帰ってきたクッピシュ氏は目を疑った。クッピシュ夫人は前よりもぐっと若返って見えたのだ。少なくとも、その後の数週間に彼女の若返りを見た人はだれでもそう言った。だれもその理由を説明できなかった。ミヒャは秘密の愛人がいるのではと疑い、ザビーネは新しい美容師のせいだと言い、ハインツは肺ガンの兆候をそこに見た。というのも、ガン患者が末期には楽天的になることはよく知られていたからだ。

ジュテーム

ライプツィヒの本の見本市でシモーヌ・ド・ボーヴォワールを盗んで捕まったせいで、国外へ出る許可をもらえなかった実存主義者は、マーリオと一緒にバルト海へ行った。そこでザンダースドルフから来たひとりのゼンソク患者が、薬物実験にぴったりの薬を教えてくれた。マーリオと実存主義者はそれを「ゼンソク草・ハレ[16]」と名づけた。その薬は薬局で買える。そしてコーラに混ぜて一息に飲み干す。ザンダースドルフのゼンソク患者は、朝霧を黄色に染めてしまうというザンダースドルフの化学工場についても話してくれた。マーリオと実存主義者はすっかり夢中になった。もしも薬のせいで黄色い朝霧を見ることができるなら、それこそまさに彼らが欲しがっていた薬だった。

再びベルリンのライプツィヒ通りに戻ってくると、マーリオと実存主義者は自分たちでゼンソク草・ハレを試してみた。効果は期待をはるかに上回った。「オトギの国にいるみたいだ！」マーリオがウットリと言った。実存主義者は瞑想《めいそう》的に微笑んで、童謡をくちずさんだが、これを「とーよー」と呼んでいた。この状態はぴったり二時間続いた。そして苦しみの時間がやってきた。口がからからに渇いた。何か飲まなくてはならなかったけれど、冷蔵庫は空だった。さらにこんなときにかぎってまたしても水が止まっていた。トイレを流したあと、水タンクがいっぱいにならなかったときに、気がついてもよかったのに。のどの渇きはだんだんすさまじくなっていった。おまけに目が見えなくなった——たった数時間だったけれど、そのせいで買い物にも行けなかった。家の中にあった唯一の水は、水道管の中のほんの一口だった。「気持ち悪いけど、すごくおいしい」と実存主義者は言った。

ミヒャが呼び鈴を鳴らしたとき、二人の目はまだ見えていなかった。ミヒャの用事はまたしても例のラブレターのことだった。あの手紙は彼の心をいっときも休ませてくれなかったのだ。彼は小さなブリキのスコップでベルリンの壁の下に穴を掘ろうと思いついた。ちょうど腕を差し入れられる大きさに。二人にも手伝ってほしい、見張りに立ってくれないかとミヒャは言った。「目が見えないんだぞ！　どうやって見張りに立つんだ？」とマーリオが言い、二人の目をのぞきこんだミヒャはぎょっとした。そこにはもう瞳孔《どうこう》しか見えなかったのだ。

二人の目にはもう虹彩《こうさい》がなかった。

「麻薬のせいで怪物になっちゃったのか！」とミヒャは叫んだ。

もちろん実存主義者は、その手紙がなんなのか知りたがった。ミヒャは彼女にミリアムとの一部始終を話しながら、途方に暮れて盲目の賢女の教えに身を委ねる人のような気分になった。実存主義者は、マーリオの家にだれもいなくてお客を呼べるときにパーティーを開くことを思いついた。そこでミヒャはただ「ジュテーム」がかかるのを待って、ミリアムの瞳の奥をじっと見つめさえすればいい。「そこまでくればあとは簡単よ。わざわざここで話す必要もないくらい」

ミヒャはこの思いつきにひどく憤慨した。「あの子は特別なんだ。そんな簡単に口説ける子じゃないんだよ。そんなワンタッチでポン、みたいにいくもんか！　あの子には……なにかなぞめいたものがあるんだよ！　本を読めばあの子を思い出すし、歌を聴けばあの子を思い出すし……」

「ミヒャ、『ジュテーム』はぜったい効くんだ！」と、（自分自身の体験から）マーリオが言い、実存主義者はその見えない目を虚空に向けて、神々しく言った。「そうよ、はっきりと目に浮かぶわ」

実存主義者のこの思いつきがどんな悲惨な結果になるか、もしマーリオとミヒャがあらかじめ知っていたら、彼らはどんなことがあってもぜったいにパーティーなんて開かなかっただろう。よりひどい目にあったのは結局どちらなのか、あとから考えてもだれにもわからなかった。あのパーティーではマーリオのほうによりひどいことが起こったという意見もあったし、パーティーはだれよりもミヒャにとって大惨事だったという意見もあった。けれどもちろん、事前にはだれもパーティーが大失敗に終わることなんて予想できなかったので、実際に盛大なパーティーが開かれた。それどころかそれは、これまでゾンネンアレーのはしっこで開かれたどんなパーティーよりも盛大なパーティーだったかもしれない。ミヒャとマーリオと実存主義者のほかには、メガネとデブとモジャだけでなく、またしてもいまの彼氏を取り替えたザビーネもやってきた。今回のいまの彼氏は神学生で、これは当時とても高く評価されていた。それからダンス教室の二人の社交カマダンサーもやってきたし、モジャは入れ墨のストーンズファンであるフランキーと、運の悪い男ベルクマンと、レコードディーラーのカンテ、さらにシュトラウスベルクのヒッピーまで探し出してきていた。実存主義者はアヴァンギャルドな芸術家グループを全員招待した。榴散弾も来たし、ザンダースドルフのゼンソク患者までやってきた。そしてその全員がそれぞれ友だちを連れてきていた。マーリオもそこまでは計算していなかった。お客が増えれば増えるほど、彼は過去四世紀にわたる楽器たちの心配をしなくてはならなかった。マーリオの家には、マーリオの父親が堅信礼を受けて以来集めている古い楽器が、いたるところで壁にかかっていたり、立てかけられたり、床に置かれたりしているのだ。ついにシュトラウスベルクのヒッピーが十七世紀のマンドリンを壁から外し、「な、こいつはさっそくブルース用に調律しなきゃだめだぜ」と判断したあと、この古い楽器を調律し直し始めた。

マーリオはそれに気がつかなかった。というのも、彼は台所で実存主義的恋人と二人の社交カマダンサーと一緒に、ドイツ民主共和国の中に自治的な反体制共和国を設立することは可能かどうか議論していたのだ。「一人二千平方メートルまでは土地が買える！」と二人の社交カマダンサーのうち一人が言った。実存主義者が言った。もしも秘密裏にとてもたくさんの人を集めることができたら。そしてみんながまず土地を買って、それから反体制地域をつくるために手を組んだら……この考えに彼女は夢中になった。けれどマーリオはこれを信じなかったので、けんかになった。「実存主義は『さあ、やってみようぜ』哲学なのよ。『うまくいかないかもしれないからやめとこう』哲学じゃないのよ！」

ザビーネのほうもちょうど説教されているところだった――彼女が恋人の神学生ヨハネス

からワインを一杯受け取って、感じよく「アーメン！」と言ったとき、彼はもうずっと前から言おうと思っていたことを彼女に教えた──つまり「アーメン」は「ありがとう」という意味ではなく、「ハレルヤ」は「こんにちは」ではないということだ。そのすぐ近くではスカートゲームが熱狂的に進行中だった。文字どおりたたきつけるような勢いで。というのも、カンテとフランキーとデブは、机がないので古いティンパニを真ん中に置いて、その上にカードを出していたのだ。強いカードが出たとか出ないとか、声が聞こえてきたけれど、マーリオだけは聞いていなかった。彼はすでに土地を買うアイディアに夢中になっていたからだ。「みんなに知らせなきゃいけないのに、秘密でなくちゃならないんだ！」と興奮のあまり彼は叫んだ。だれも彼に、どうやってそれをやり遂げるつもりなのかとは尋ねなかった。

デブは自分の目に映るものを詩にして「リトル・レッド・ルースター」のメロディに合わせて歌い、ブルース気分に浸っていた。それにシュトラウスベルクのヒッピーが、十七世紀のマンドリンでEとAとGの和音をつけて伴奏した。

「ベランダから空きびんが飛んでくぜ
だけどきっと報いが来るぜ
隣りのヤツがマッポを呼んで

そしたらだれかが払わされ……」

隣りの住人が本当に警察を呼んだわけではなくて、Bullen《マッポ》はPullen《空きびん》と韻を踏んでいる。そして空きびんがベランダから飛んでいったのは本当だった。

その間中ミヒャは緊張して部屋から部屋へ歩き回り、みんなをいらいらさせていた。ミリアムが来ていなかったのだ。これからまだ来るだろうか？　それとももう来ない？　ミヒャがどんな気持ちでいるのかみんな知っていて、彼に酒を勧めた。「まあ飲めよ、救われるから！」とか「まあ飲めよ、落ち着くから！」とか「まあ飲めよ、気分がよくなるから！」とか「まあ飲めよ、楽になるから！」とか。そういうわけでミヒャはみんなの中で最初に酔っ払った。ちなみに、酔ったのは初めてだった。ミリアムは現れなかったけれど、彼の緊張はゆっくりとほぐれていった。

しばらくして、実存主義者の友だちの一人がベランダでハプニングを起こした。彼はバタークリームトルテを箱から取り出して、ズボンの前を開くと、トルテの上に小便をしたのだ。モジャがそれにひどく怒って台所へやってきて、土地購入議論を中断させた。けれど実存主義者は彼をなだめた。「ばかね。あれは芸術じゃないの。アンダーグラウンドにはいつも慣れが必要なのよ。去年あいつは、わたしの言ったこと一言一句、そっくりそのままねして話したの。そうすると、考え込んじゃうもんなのよ。自分が何言ってるか考えるようになるのよ。つまりそれが芸術なの！」そこでさっそく芸術というテーマで議論が始まった。フランキーが腕をまくって人魚の入れ墨を見せ、「これが芸術だ。三年と八か月かかったんだぜ！」としわがれ声で宣言すると同時に、ベランダから嫌悪の叫びが上がった。神学生が青い顔で台所へやってきて、あの「お客さん」が——彼はアンダーグラウンド芸術家をこう呼んだ——小便まみれのトルテを一気に平らげたと告げた。実存主義者でさえ嫌悪感に身震いして、ついにその芸術家を「あのうす汚い豚野郎」とののしったが、ここでなんとモジャが彼をかばった。「ちがうよ、あれは芸術なんだ！　だれもやらないことをだれかがやると、騒ぎになるもんなんだ！　電気みたいなもんだよ！　あれは電気芸術なんだ！」

おしゃべりとブルース、酒びんの音、それにスカートゲームの連中がたたくティンパニの音が、パーティーに生き生きした音を添えていた。だからついにミリアムがやってきたときには、ほとんどだれも気がつかなかった。彼女はソファの、榴散弾の隣りに腰を下ろしたが、暗がりだったので、シュトラウスベルクのヒッピーがすぐに吹けるようにとそこに置いておいた一九一〇年ごろのブルガリアの牧笛が、残念ながら壊れてしまった。「これで四番目の弦まで切れたら、な、音楽はもう無理だぜ」。そう言ってシュトラウスベルクのヒッピーはシャルマイ（木管楽器）に熱いまなざしを送ったが、シャルマイはもう人手に渡っていた。つまりカンテが灰皿としてひざの間に挟んでいたのだ。榴散弾はもうしばらく前からメガネにまとわりついていた。彼女は彼のめがねを取って「めがねがないとあなたってほんとにカッコよく見えるわ」と言い、メガネはこれに答えて「僕もめがねがないと君がきれいに見えるよ」と言った。ミリアムはこれを楽しんでいて、遠慮なく二人を見つめていた。ミヒャが突然彼女の前に立ったとき、彼女にはまるで恐怖そのものが立っているみたいに見えた。

ミリアムが来たとき、ミヒャは最初パニックを起こして台所に逃げ込み、そこでドアのノブにシャツを引っかけてそでを破ってしまった。台所で彼は肩のところからそでを切り離し、その際に赤カブをこぼしてしみをつくってしまった。それもズボンの前の部分に。赤カブのしみは取れないとクッピシュ夫人から何年もさんざん警告を受けていたので、ミヒャはそのしみをぞうきんとたくさんの水で洗い落とし始めた。それでズボンの前の部分の濡れたしみは、たしかに赤くはなくなったけれど、そのかわり大きく広がってしまった。そしてよりによってこの瞬間、居間で「ジュテーム」が始まったのだ。

マーリオは一時間ぶりに居間に戻った。そして四世紀にわたる歴史的楽器たちのカオスを目の当たりにすると、ちょうどブルースバンドを結成して十九世紀のバンドネオン（アコーディオンの一種）を演奏しようとしていたモジャに説明を求めた。モジャは謝って、レコーダーの電池が切れかけたからちょっと演奏を始めただけだと言った。「ほら！」と言ってモジャはレコーダーの再生ボタンを押した。こうして「ジュテーム」が始まったのだった。電池は本当に切れかけていて、レコーダーの音はひどく揺れた。どんな音楽も、音が揺れれば聴くに耐えない。けれど音の揺れた「ジュテーム」は、横揺れしながら沈没していくオルガンのせいで、音の揺れたほかのどんな音楽より少なくとも二倍は聴くに耐えなかった。けれどマーリオはこの歌をいま、なぐさめに聴きたかった。「ジュテーム」は、実存主義者が自分と彼の服を脱がせたあのときの曲だったから。

そのときまだ台所にいたミヒャは事情を知らなかった。彼にとっては「ジュテーム」は合図だった。彼は青くなり、ミリアムみたいなとてつもなく特別なものが、「ジュテーム」の助けを借りたくらいで口説き落とされていいものかどうか、考えることさえできなくなった。彼は居間へよろめいて行き、ふらつきながらミリアムの前に立った。ミリアムは彼の破れたシャツにはほとんど気がつかなかった。彼のズボンの前の大きな濡れたしみに目がくぎづけになってしまったからだ。音楽は揺れていて、ミヒャは真っ青だった。ミヒャが彼女の前にひざまづき、ろれつの回らない舌でこう言ったとき、それはほとんど悪夢だった。「ミリアム、いまが絶好の瞬間じゃないってことはわかってるんだ。ここにこんなニキビができてるし。でも、約束は約束だから……」そして彼はほんとうにミリアムにキスしようとしたのだ。彼女は彼の手を逃れると立ち上がり、走り去った。ミヒャはあまりにも飲みすぎていて、彼女を追っていくこともできなかった。彼は部屋の隅に横になって眠り始めた。枕代わりに彼は、十八世紀初頭のバグパイプを、筒口をぜんぶ結び合わせたあと、ふくらませて使った。そうして寝ているミヒャを、翌朝パーティーが完全に終わる前に帰ってきたマーリオの父が見つけた。シュトラウスベルクのヒッピーはまだわきの下にマンドリンをはさんでブルースを演奏していた。この光景を見ただけで、マーリオの父は、自分が一夜にして四世紀にわたる壊れた歴史的楽器の収集家になったことを知った。その後の進行は迅速だった。シュトラウスベルクのヒッピーはフレーズの途中で演奏を中断しなくてはならず、ミヒャはたたき起こされた。そしてマーリオは両親の家を追い出された。

乗っとり作戦あれこれ

地下運動を起こすという思いつきは、マーリオと実存主義者のお気に入りになった。秘密裏に土地を買って、その土地をひとつにまとめて自治的な領土をつくり、東ドイツから分離独立するのだ。昼も夜も、彼らは離反地域の体制の構想に費やした。ワルシャワ条約機構不参加、兵役の廃止、報道の自由については意見が一致した。けれど国家体制については意見が食い違った。彼女は評議会制共和国を主張し、彼は議会制民主主義を主張した。週末にはよくマーリオのモペットで国中を走った。彼らには、ここがまるで無限に広い国のように思えた。けれどそれは単に、彼らのモペットがとても遅いという事実に基づいていた。ある日実存主義者が言った。「ねえ、一度論理的に計算してみなきゃ。東ドイツぜんぶを買い取るためには何人がこの秘密運動に参加すればいいのか」。ドイツ民主共和国は、実存主義者の言葉を借りれば「まあ射撃場はぜんぶ除くとして」、つまり買うことのできない軍事封鎖区域を除けば、約十万平方キロメートルだった。彼女はマーリオに計算させようとしたが、マーリオは面倒くさがった。

「学校を追い出されたあとまで、計算なんかしたくないね」と彼は言った。

「わたしは画家なんだから、やっぱり計算なんかする必要ないわ」と彼女は言ったけれど、それでもマーリオが計算に取り掛かろうとしなかったので、結局自分でやってみた。すばらしく気持ちのよい夏の日で、彼らはのんびりと野原に寝そべっていた。

「ちょっと、千メートルって一キロよね」と彼女は言って、マーリオの鼻を華麗なたんぽぽでくすぐった。

「だったら二千メートルは二キロになるの？」マーリオは、ん、と口の中で確認の答えをつぶやいた。こうして実存主義者は計算し、一人が二千平方メートルの土地を買うことができるのだから、これは二平方キロメートルのことで、そうすると、五万人が土地を買えばドイツ民主共和国全体を――射撃場は除いて――買い取ることができるという答えを出した。これは彼女には衝撃だった。「マーリオ、やつらのケツの下から土地をぜんぶ取り上げてやりましょうよ。できれば次の党大会の前に。そうすればやつらは自分たちのごたごたで手いっぱいで、こっちのことには手後れになるまで気がつかないわ！」

土地を買うお金の心配はいらなかった。土地は高くなかったのだ。一平方メートルがたったの数マルクだった。実存主義者は何枚か絵を余分に描いて売り、もし必要ならアクセサリーもつくると言った。マーリオはモカシンをつくって一足二十五マルクで売ろうと思った。実存主義者は、どんなことがあっても国家からの公式の仕事依頼は受けたくなかった。国が自分の没落を経済的に援助する、というのはたしかにいい気味だけれど、「それでもやつらの絵なんか描いてやらないわ！」と彼女は言った。

上部の人間は党大会の前には党大会関係のごたごたで手いっぱいで、何も気がつかないだろうという彼女の主張は、たしかにまちがいではない。けれど、ごたごたするのは党大会の前だけではなかった。一つの催しから次の催しへと、みんながふらふらになりながらよろめき歩いていて、いつも何かが催されていた。党大会が終わって一息ついたと思ったら、今度は何かの記念祝典が近づいてきて、それと並行して次の催しが行われる。その記念祝典をやっと乗り越えると、今度は新聞各紙が、政治が偉大な成果を挙げていることを確認するためにまた選挙をしようと書きたてる。こうしてまたも催し。そして選挙が終わるやいなや、このような偉大な信頼表明を前にしては、またも党大会を開催せねばならないと党が言い出す。

ミヒャの父の意見では、少なくとも選挙の前は陳情書に肯定的な答えが返ってくるとのことだった。なぜなら、彼の論理によれば、上部の人間は投票に行かない人間を気にするものなので、「それならもう投票には行かないぞ！」という脅し文句をわめきたてれば奇跡が起こるというのだ。少しでも常識のある人間なら、選挙の結果が美化されているだろうとは推測できた。けれどももしかしたら、美化する必要もないくらい立派な結果を望んでいるだれかがいるのだろうか？　賛成票がこれ以上増えないというところまで来ると――賛成票九九・二八パーセントと九九・五五パーセントの違いになんてだれも興味がないからだ――新たに忠誠心の向上がひねり出された。たとえば「まとまって選挙に行く」とか「十二時以前に選挙に行く」とか「青いシャツ[17]を着て選挙に行く」とか。

それでもやはり選挙での恥さらしはあった。そして、国中、世界中の恥さらしになった最大で最悪の事件は、ミヒャの兄ベルントがひき起こしたものだった。しかもよりによって兵役中に。ベルントの中隊長は異常に熱心な男で、そのうえ、無線連絡のための自分の暗号名を「エヴェレスト」としてしまうくらい高いプライドの持ち主だった。ベルントの軍隊仲間トーマスは、無線連絡の際に、この中隊長に「ミュッゲルベルク」と「スターリン峰」と交互に呼びかけたので、結局彼のあだ名は「ミュッゲルベルク峰」に落ち着いた。平らなベルリンの、そり滑りしかできない小さな山ミュッゲルベルクにちなんだ名前をつけられて傷ついたミュッゲルベルク峰は、彼一流のやりかたでトーマスを心から可愛がった。つまり休む間もなく働かせたのだ。トーマスはバケツとデッキブラシが夢にでてくるほど掃除をさせられたのだった。

選挙の日曜日、ミュッゲルベルク峰は当直将校だった。つまり兵営の長だ。朝の点呼で連隊長が「本日の命令」を読み上げた。「あらゆる票を国民戦線の候補者に！」ミュッゲルベルク峰は直立不動の姿勢をとって答えた。「承知いたしました、同志中佐殿——あらゆる票を！」そしてミュッゲルベルク峰は異常に熱心な男だったので、朝の点呼のあとに全中隊を長い一列に整列させた。それから彼は列に沿って歩きながら、一人一人に投票用紙を手渡していった。彼の副官が投票箱を持ってあとに続いた。兵士は全員、投票用紙を二つ折りにして投票箱に入れるようにと言われた。投票箱に用紙を入れる動作は、用紙を配る動作よりほんの少し長くかかるので、しばらくするとミュッゲルベルク峰は副官に少し距離を開けた。

ミュッゲルベルク峰がベルントの前に立ったとき、副官はちょうどトーマスにたどり着いたところだった——トーマスは用紙を投票箱に入れようとはせず、むにゃむにゃと「選挙法」とか「投票用紙記入ボックス」とかいう単語をつぶやいた。ちょうどベルントに投票用紙を手渡したところだったミュッゲルベルク峰は、トーマスのところまで戻ると怒鳴りつけた。

「命令拒否をするつもりか、こらあ！　本日の命令をきいておったのか、え！　気をつけ！　用紙をたため！　――入れろ！　――そうだ、どうして最初から素直に……ところで俺はどこまで行ったかな？」

ベルントが手を挙げたので、ミュッゲルベルク峰は彼のところに戻ると二枚目の投票用紙を手渡した。ベルントはそれをこっそり一枚目の上に重ねると、一緒に折りたたんで、副官に気づかれることなく二枚とも投票箱に入れた。ミュッゲルベルク峰は、彼の兵営の兵士全員が、そろって午前九時前に正軍装で投票したと報告することができた。これは前人未到の快挙だった。けれど、兵士全員が参加しなければならない公式の開票で明らかになったのは、五百七十八人の有権者が五百七十九の賛成票を入れたということだった。ミュッゲルベルク峰は単に副官が数えまちがえただけだろうと思って、もう一度集計をやり直しさせた――結果は同じだった。今度は用紙を十枚ずつひとまとめにして数え直した――やはり五百七十九の賛成票。ミュッゲルベルク峰は有権者名簿を数えた。五百七十八人の有権者。彼はだんだんあせってきた。ミュッゲルベルク峰は投票所の長として、本当は開票結果をいちばん乗りで上部に報告したかったのだ。遅くとも午後六時三分までに彼は百パーセントの結果を報告したかった。けれどそう簡単にはいかなかった。何度も何度も、その度にどんどん深く絶望しながら、ミュッゲルベルク峰は用紙を数えつづけた。ついに彼は、兵役の後大学で数学を専攻する予定の新兵にまで数えさせた。何時間もの間、公式の開票結果は公開されなかった。ぜんぶで二万二千ある投票所のなかで、たったひとつの投票所の開票結果が足りなかったからだ。このたったひとつの投票所では、たった一票が多すぎた。真夜中になるころ、党職員が兵営へやって来て怒鳴った。五百七十八人の有権者は五百七十八の賛成票しか入れられないはずだ。五百七十九番目の票は有効ではない。はい、とミュッゲルベルク峰は答えた。我々もそう考えました。しかしそうすると五百七十八人の有権者が五百七十八の賛成票と一票の無効票を入れたことになります。党職員はさらに怒り狂って、有効でない票とはどういうものかをミュッゲルベルク峰に説明するため、一枚の投票用紙をつかんだ。それはトーマスの投票用紙で、ほかのすべての用紙とある点で違っていた。彼が反抗のクライマックスとして一度ではなく二度折りたたんだ用紙だったのだ。「有効ではないとは、どうでもいいということだ！」

ミュッゲルベルク峰は、五百七十八人の有権者が五百七十八枚の投票用紙を五百七十八の賛成票で投票したと上部に報告しなければならなかった。中央の選挙事務所はこれで肩の荷を下ろした。公式の開票結果がようやく公開された。翌日、公表が遅れたのは選挙結果の歪《わい》曲《きょく》の証拠だといううわさが流れた。ほかにも、最近電話がまったくつながらないので、重要な選挙結果でさえベルリンへ電話報告することができなかったのだといううわさもあった。西側のマスコミは、党内部の反対勢力が集計を長引かせて、まるで獰猛《どうもう》なクマに鼻輪を付けて引っ張りまわすように選挙主催者をさらし者にしたのだと推測した。そしてそのすべての責任はミュッゲルベルク峰にあった。彼は次の党大会で演説をするという罰を食らった。その党大会は一年半後で、ベルントやトーマスやほかの兵士たちが兵役を終えて除隊する時期のほんの少し前だった。「こんなに党大会が待ち遠しかったことはないぜ！」とベルントは言った。

これはベルントが話した最後のまともな文章のうちのひとつだ。このあと、彼はだんだん理解不可能になっていった。彼がドイツ語を話していたことだけはまちがいないのだけれど。ベルントが除隊になる少し前、食事の時間にクッピシュ夫人がきいた。「ねえベルント、軍隊ってどんなだか話してちょうだいよ。わたしたちにはぜんぜん想像もできないんだから」

彼はくちゃくちゃ音をたててパンをかじり、飲み込みながら話した。家族中がじっと耳を傾けたけれど、かつての彼の面影はすでにどこにもなかった。だれも、一言すら理解できなかった。最初はみんな、ベルントが口いっぱいにほおばりながらしゃべっているせいだと思ったのだが、長く話せば話すほど、彼が軍隊でまったく独自の言語を身につけたことがはっきりしてきた。「エフィ、綱じゃないって」と彼は始めた。「タマだ！ 反乱したやつは小屋行きだ。エフィはだらだらタマ揺らして、それで新入りが来ると、こいつはまだまだコンテナいっぱい引きずってる新しいやつだ、こりゃ祝うしかない、そいつは行進のときはガスマスクで、そいつにエフィが巻尺を見せて切り取らせるんだ。エフィは向きをかえなきゃならない。で、グフティがいきなりやって来て、ポケットに手を突っこんでるせいでがたがた言いやがったら、指引っぱり出すか、さもなきゃひどいことになって三日間台所の戸棚ばかり見てなきゃならない。まあな、レージは、あとケーキ六回で俺を探せるとしか言わないんだ。雪がとけて、エフィもずらかる。将校はそれで怒り狂う。俺が最後の何日かで短縮延長を申しこんでも、幕僚のキャタピラートラクターなんて短いのしか出しやがらない。そんな将校があとどれだけずたぼろにできるか、わかるか？」

彼のこの言葉を聞くと、クッピシュ家のみんなは石のように硬直してしまった。「軍隊でどうなっちゃったの、ベルント？」とクッピシュ夫人が涙を流さんばかりにきいた。ベルントは軽く手を振ると、たった一言こう言った。「我々の前には何千人もが行った。我々の後には何百万人も続く」

とんでもない。マーリオと実存主義者は、このまま永遠にすべてが続くなんて信じていなかった。彼らは全力投球で「やつらのケツの下から土地を取り上げる」計画に取り組んでいた。実存主義者のアパートには大きな地図が貼られていて、その前で二人はよく、目論見《もくろみ》をいちばんうまく実行に移すにはどうしたらいいかを考えた。戦術は三つあった。前進するか、包囲するか、穴をあけるか。前進というのは、戦線を進めるように土地を買っていくということだ。東、西、南、北のどこから始めてもいい。組織だてて進めるのが難しいが、なんといっても成果は大きい。というのも、自分が解放区に住んでいるかどうかを、みんながいち早く知ることができるからだ。包囲戦術というのは、いくつもの場所で土地を買って、古い領土を取り囲むことを目的としている。これは前進よりさらに組織統合が難しいけれど、前進に比べてあまり目立たない。「ちょっと、もし南から始めて北緯五一度までたどり着いたら、」とマーリオと地図の前に立って実存主義者が言った。「やつら気がついて、それ以上北ではもう土地を売らなくなるわ。そうしたらどうする?」

「そうしたらドイツは四つに分割されるんだ。東ドイツと、西ドイツと、西ベルリンと、それから俺たち」とマーリオが言った。

「だからわたしは包囲がいいと思うわ」

「だめだ」とマーリオが答えた。「包囲はすごく調整がたいへんじゃないか！　仲間に電話して、いつ、どこの土地を買うべきか指示を出さなきゃならないんだぞ。ぜったいに無理だ。だれも電話を持ってないんだから」

　これに代わる作戦は穴をあけることだった。組織だった動きではなく、ばらばらに土地を買っていって、いつかは領土全体が地下運動のメンバーのものになる、という作戦だ。

　もしこの計画が失敗したら、彼らは反逆罪で告訴されることになるだろう。それまで彼らは反逆罪法があるということさえ知らなかった。「反逆罪？」と実存主義者が叫んだ。「ほかに言い方はないの？　まるでドレフュス事件[18]の時代みたいじゃない！」

　もしスパイがこの計画をかぎつけたらおしまいだということは、二人ともよくわかっていた。マーリオはくりかえし言った。「みんなに話さなきゃならないけど、極秘でなきゃならないんだ」。マーリオがこう言うたびに、ミヒャはザビーネの大道具係のモットーを思い出した。彼はあらゆる分野の文化活動において、次のような大まかな原則が必要だと主張していた。「批判をうまく隠せば隠すほど、より批判的になれる」。そのころ大道具係はちょうど曲芸を習っていて、ミヒャが彼と話している間中、三個のボールを空中に放り投げていた。

「でもそれって、批判することがあればあるほど、それを見せないようにするってことじゃないか！」とミヒャが言った。

「だからなんだって言うんだ？」と、ボールから目を離さずに大道具係が言った。

「だから、それじゃあ、ぜんぶを批判しようと思ったら、何も言わないつもり？」

「そのとおり！　ぜんぶを批判するなら、それについて何も言ってはいけない」と大道具係が答えた。

「そんなのおかしいよ！　それじゃいつまでたっても何も変わらないじゃないか！」とミヒャが叫ぶ。

「まったくそのとおり」

「ちがう」ミヒャは答える。「重要な批判があれば、それは大声で言わなきゃだめだ！」

「そうしたら逮捕される。重要な批判を大声で言うなんて、頭がいかれてるとみんなに思われる。そうしたら君の重要な批判は、ただのいかれたやつの妄想だってことになる。だからやっぱり何も変わらない」

この論理を追うのに、ミヒャには少し時間が必要だった。大道具係はボールで曲芸をするよりずっと前から、思想で曲芸することができたのだ。ミヒャがとまどって黙り込んだので、大道具係は新しい説明にとりかかった――それも、ボールをひとつも落とさずに。「どうしてこの国では何も変わらないのか考えてみろよ！　君が事実を口に出せば逮捕される。そして、何を口に出しちゃいけないかも知らないんだから、君はバカだとみんなが思う。もし逮捕されたくなかったら、事実を黙っていなきゃならない。だけど事実を黙っていたら、やっぱり何も変わらない。みんななにもかもうまくいってると思うからな。だからこの国ではいつまでたっても何も変わらないってことだ！」ミヒャがその場を離れてこの論理の穴を見つけようとしたとき――この論理にはどこかに穴があるはずだとミヒャは確信していた――大道具係はそこに残って黙々と曲芸を続けていた。

ドイツはなぜ四分割されなかったか

マーリオが本当に逮捕された。だれも何が起こったのか正確にはわからなかった。マーリオは旅行から帰ってこなかったのだ。マーリオと実存主義者はある土曜日の朝、またしても土地を買うべき地域の視察に出かけた。マーリオは南西へ、実存主義者は北東へ。二人がばらばらに出かければ、買い占めるべき地域を同じ時間で倍見ることができる。実存主義者も逮捕されたけれど、それは彼女がベルリンに戻ってきてからだった。マーリオがどこに行って、何をたくらんでいたのか「すぐに話したほうが身のためだ」と、彼女は言われた。「どちらにせよ我々はぜんぶ知っているんだ。しゃべったほうがのちのち君のためになる」。彼女は、なんのことだかまったくわからない、という風にふるまった。完全にまいってしまっていることは隠しようがなかったけれど、マーリオには秘密の恋人がいるのだと言って、嫉妬に狂った女を演じるだけの忍耐力が、まだ彼女には残っていた。マーリオは国外逃亡を図って捕まったんだろうとみんなは考えた。ただ一人実存主義者を除いて。もしそうなら、マーリオは事前に自分に話していたはずだ、と彼女は確信していた。彼らのお互いへの信頼感は絶対的なものだったのだ。

四日後マーリオは釈放された。そして何が起こったのかを語った。

逮捕される前の晩、彼は夜更かしをした。列車に乗り遅れないように、次の日は早起きしなくてはならなかった。モペットで行くには今回は距離がありすぎたのだ。そして列車の中でマーリオは眠り込んだ。彼がやっと目をさましたのは、列車が終着駅に停まったときだった。そこは国境地帯だった。こんなに遠くまで来るつもりはまったくなかったのに、マーリオは国境地帯にいたのだ。彼はまず時刻表を見て、戻りの列車がいつ出るのか確かめようとした。駅をパトロールしていた二人の鉄道警察官が、さっそくマーリオに目をつけた。西への逃亡者の見分け方を、彼らはたくさんの講習、実習、訓練、シフト会議、職務講義などでさんざん教え込まれていた。たとえば、若い男が国境地帯で一人列車から降りてきて、まず時刻表を読んでいるふりをしているなら、それはまるで教科書から抜け出てきたような典型的逃亡者だ。しかもスニーカーをはいている――よく走れるように、つまりよく逃げられるように。

二人の鉄道警察官はマーリオに身分証明書の提出を求めた。彼は身分証明書を差し出した。それから警官たちは帰りの切符を見せろと言った。マーリオはそれをまだ買っていなかった。ははあ、と彼らは考えた。つまり帰りの切符を持たずに国境までやってきたわけだ――こいつは簡単に片がつくというもんだ！

こんなに遠くまで来るつもりはなかったのだとマーリオは言った。本当は一駅手前で降りるつもりだったんです。なるほど、と警官たちは言った。ところで君の旅行の目的は何かね？　もちろんそれを話すわけにはいかなかった。話してしまえば、土地を買う計画はぜんぶ水の泡になり、彼は反逆罪で告訴されるだろう。「もう兵役はすんだのか？」と警官の一人が尋ね、マーリオは首を振った。彼は不安のあまり震えていた。この鉄道警察官たちが、どうやってひとつひとつの兆候を組み合わせて事実をつくり上げてしまうのか、彼にはわかっていた。彼は西側へ逃亡して兵役を逃れようとしている、と見なされているのだ。警官たちはマーリオの名前をトランシーバーで伝達した。

「いままで国境で何かやらかして捕まったことがあるんだったら、いまのうちに白状したほうが身のためだぞ！」

マーリオは、西側からの観光客の前で「腹減ったポーズ」をとって学校から追い出されたことを白状した。警官の一人はそれをとても信じることができなかった。西側の観光客の前で腹減ったポーズだって？　それで学校から追い出されたって？　そんな間抜けにはすぐに身分証明書を返してやって、切符売場まで連れていき、さっさと次の列車に乗せてしまうにかぎる、と警官の一人は確信した。もう一人の警官はまだ疑い深そうにしていたけれど、相棒の提案にはうなずいた。マーリオはほっと息をついた。彼のシャツはこの数分間の不安から汗でぐっしょり濡れていた。ところが、鉄道警察官がマーリオに身分証明書を返そうとしたとき、彼はその裏表紙のカバーにはさんであったものを見つけた。市民学校でのオランダ語講座の受講証だった。

ゾンネンアレーのはしっこにはいろいろと細かい奇妙な特徴があって、語学講座への住民の極端な関心というのもそのひとつだった。特に、どうせ行くことができない国の言葉への関心が高かった。それは遠い異国にあこがれる気持ちのある種の表れなのかもしれなかった。それとも反抗心の一種だったのだろうか。どうせ行くことができないのなら、それならそこの言葉を学ぼうじゃないか、という。熱心な親は、自分の子どもたちに二か国語教育を授けると公言した。市民学校の英語講座はいつも満員だったし、フランス語、スペイン語、ポルトガル語、スウェーデン語、イタリア語、アラビア語、サンスクリット語、ヘブライ語の講座も同様だった。ポーランドへの入国が制限されるとみんなポーランド語を習い始めたし、雑誌「スプートニク」が禁止されると急にロシア語の人気が出た。実存主義者はフランス語を習っていたし、ミリアムはスペイン語の講座に申し込みをしたことがある。ミリアムの弟はインディアンの言葉のひとつを習いたかった。けれどインディアン語の講座さえも満員だった。

重要なのは言葉を学ぶことだけではなかった。自分では行くことが許されていない場所に住んでいる人たちすべてと、つながりを得ることも大切だった。デブが熱望する遠距離チェスのパートナーは、カナダ人かブラジル人だった。ミリアムにとっては、西ドイツ人とキスをするという想像はいつも刺激的だった。そして、八百屋のおかみさんの夫であるギュンターは、鉄道模型が趣味だったので、いつも西ヨーロッパの鉄道模型愛好家たちに手紙を書いていた。彼らからは鉄道模型の雑誌が送られてきた。けれどある日、ギュンターはスパイ活動の罪で逮捕された。スパイ活動なんて疑うこと自体がばかばかしかった。ギュンターは八百屋のおかみさんにさえ頭が上がらないのだ。それでどうやって国家といさかいを起こそうというのだろう？　それでも彼は逮捕された。ひどい目にあうのはいつもあわれで無害な男と決まっている。一年と八か月後に戻ってきたとき、ギュンターには呼吸をするための器具が必要で、それをカートに載せていつも引きずって歩かなくてはならなかった。

ある日クッピシュ夫人は、いまではもう八百屋ではない八百屋で、一人の男が階段を三段上ったあと、息をするために酸素マスクを顔に押し当てているのを見かけた。いまではもう八百屋のおかみさんではない八百屋のおかみさんが彼を助けに店の扉までかけつけて初めて、クッピシュ夫人はその男がだれだか思い出した。ギュンターを見た人はだれでも、あと半年は持たないだろうと思ったけれど、ギュンターはいまでも生きていて、いまでも酸素を載せたカートをひきずって歩いている。

マーリオの身分証明書のカバーにオランダ語講座の受講証を見つけた鉄道警察官たちは、すぐさまそれをトランシーバーで報告した。「捕まえた人物はオランダ語講座を受講しています。……オランダ語です。……そう書いてあります。……はい、オランダ語です」

国境地帯の駅での身分証明書検査でこんな報告が上がれば、次に何が起こるかはもう明らかだった。トランシーバーが反応した。たった一言で十分だった。「逮捕!」

尋問を待っているとき、マーリオは土地買収計画の計算に致命的な誤りを発見した。二千平方メートルは二平方キロメートルではなく、たったの千分の二平方キロメートルだ。だから五万人ではなくてその千倍の土地購入者を動員しなくてはならない。つまり、五千万人。けれど東ドイツには千七百万人の人間しかいない。そしてそこから子どもと党員を引けば、一千万人しか残らない。足りない四千万人をどこから集めたらいいのか、マーリオにはさっぱりわからなかった。だけど、と彼は自分を安心させた。俺が反逆罪の判決を受けたりするはずがない。そんなことになったら、弾の入っていない銃を持っていて逮捕された人間だって、殺人未遂の罪に問われることになってしまうじゃないか、そうだよな?

尋問をする刑事は机の上の照明でマーリオを照らして、水が一杯欲しければまずそれに見合った働きをしなくてはいけないと言った。「安心してぜんぶ自白しなさい。我々はとおっっくの昔にぜんぶ知っているんだ! ただ君の口からもう一度聞きたいだけでね」

ただ単に列車の中で眠ってしまっただけだとマーリオは誓った。尋問官は彼をあざけり、怒鳴りつけ、彼の言葉を一言も信用しようとはしなかった。マーリオは同じことを言い張った。本当のことを話してばかばかしい計算ミスを白状してしまえば、恥をかくことになっただろう。尋問官は彼をあざ笑い、怒鳴り散らしたが、効き目はなかった。そしてマーリオが尋問中に実際に眠り込んでしまったとき、彼の話には信憑《しんぴょう》性さえ出たのである。

マーリオは釈放された。彼は二度と土地の視察には出かけなかった。けれど実存主義者は、その後の彼の性行動はまるで、まず足りない四千万人の土地購入者を彼女との間につくろうとしているみたいだ、と説明した。

ミヒャも一度国境で逮捕されたことがある。それはクッピシュ家がついに電話を手に入れた晩のことだった。彼らは得意満面で電話機を取り囲んで座り、まるでクリスマスプレゼントの山を前にしたときのような気分だった。そのとき突然、その物体が鳴り出した! クッピシュ氏が勇気をふるって受話器を取った。けれど電話はミヒャあてだったので、彼は受話器をミヒャに渡さなくてはならなかった。「女の子だ」と、興味津々の家族にクッピシュ氏は暴露した。

それはミリアムからの電話だった。ミヒャはすっかりおろおろしてしまい、一方彼の家族はまったく無神経だった。

「その子の声が聞こえる?」とクッピシュ夫人がきいた。「おまえの声が聞こえてるかどうか彼女にきいてみろ!」とクッピシュ氏が怒鳴った。

みんなが耳を澄ましているので、ミヒャはただ「へえ」「うん」「もちろん」「じゃあ」としか言わなかった。ミリアムにはもちろんなんのことださっぱりわからなかった。ミヒャに電話をかければもう少し反応があるだろうと思っていたのに。前回通りで会ったとき、ミリアムは彼に、例のアーヴォに乗った男は三年間の兵役に行ったので、もう会わないと話した。恋人が三年間の兵役に行ったら自分も彼に忠実でいると言ったとき、指を交差させたから、あの約束は本当の約束ではなかった。その証拠がいるときは、ミヒャに証人になってもらえるだろうかと彼女はきいた。ミヒャは受話器を置くと、すぐさま家を飛び出した。上着も何も持たずに。いちばん近い電話ボックスから彼はさっそくミリアムに電話した。

「ごめん」と彼はあえぎながら言った。「でもみんなが聞いてたから……」

ミリアムは彼を落ち着かせた。「気にしないで。来ないかなと思ったんだけど」と彼女は言ったが、ミヒャはさらに謝りつづけた。「……わかるだろ、あれじゃ何もしゃべれなかったんだ……」

「もちろん」とミリアムは言った。「で、来ない？」

ミヒャにはいまだに事態が飲み込めていなかった。「実は今日初めて電話が来たんだ。それで電話してきたのは君が最初だったから、それでみんな……」

「それで、来るの？」ミリアムは三度目の質問をした。

聞きまちがいだとミヒャは思った。「なに？」と彼はききかえした。

「うちに来るかどうかききたかっただけなの」。天使のような我慢強さでミリアムが言った。

「すぐ行く！」とミヒャは叫び、受話器を置くと電話ボックスを飛び出した。そしてまっすぐにチクケイの腕に飛び込んでしまった。「身分証明書！」ミヒャはぎくりとした。身分証明書は上着の中に入れっぱなしで、その上着は家に掛けてあることに気がついたのだ。「取ってきます！」とミヒャは叫んで、逃げ出そうとした。けれどチクケイが彼をしっかりとつかまえた。ミヒャは逃れようとして、もがき、こぶしを振り回して暴れたけれど、チクケイのほうがずっと力があった。ミヒャは鼻血を出した。

ミヒャにとって今晩が一世一代の晴れ舞台だということは、チクケイにはわかっていた。けれど彼はミヒャにまだ含むところがあった。というのも、彼はいまだに昇進を果たしていなかったのだ。もちろん、ミヒャがだれで、どこに住んでいて、いつ生まれたかというようなことはどうでもよかった。そんなことならチクケイはいまではミヒャの母親よりもよく知っている。ミヒャは「身分証明書を持たずに国境地帯で逮捕された者は、ほかの場所でその経歴が確認されねばならない」という理由で警察署に連行された。そしてチクケイは夜通し調書を作成した。男性一名が、有効な身分証明書を携帯せず、二二時ごろ国境地帯を疾走中に逮捕され、警察の身元確認を免れようと逃亡を試みた、と彼は書いた。そうやってチクケイは、自分にだって意地悪ができるのだということをミヒャに証明したかっただけなのだが、そんな微妙なかけひきはミヒャにはどうでもよかった。ミヒャにとっては、もうすべてがどうでもよかった。彼はミリアムのところへ行かなかったのだ。彼女が四回も誘ってくれたにもかかわらず。

チクケイは翌朝になってやっとミヒャを解放した。これで二人は貸し借りなしだった。お互いが一度ずつ、相手の目論見を台なしにしたのだ。

·

その日はミヒャにとって、赤の修道院での最初の一日だった。そして同時に、最後の一日でもあった。彼は遅刻して行ったが、運の悪いことにちょうどそのとき校長が、自分を押し通すという彼女の趣味を新入生たちに示すためのいけにえを選び出そうとしているところだった。新入生たちは校長の周りに半円になってひしめき合い、校長は赤の修道院のチェスクラブのポスターを不機嫌そうに見つめていた。そのポスターは王さまの駒の形をしていた。校長はそのポスターをつくった生徒を呼び寄せると、厳しい声で質問した。「いったいどういう考えでこれをつくったのですか？」

その生徒は、自分がどんな悪いことをしたのかさっぱりわからず口ごもった。「僕は……チェスクラブの……情報を……」

「わかってます、わかってます」と赤の修道院の校長は彼をさえぎった。新入生全員がこの場面の証人だった。「もちろん本校でチェスをすることにはだれも反対しません。このゲームの発明者が、農夫《ボーン》には王《キング》と同じくらい、いえ、もしかしたらそれ以上の価値があるとは考えていなかったとしてもです」。ここで彼女は一呼吸おき、生徒全員に考える時間を与えた——要するに農夫は労働するが、王はそれに寄生して生きているだけである。それから彼女は表情を曇らせ、ちょうど王さまの頭、十字架が燦然と輝いている場所を人差し指で突き、甲高い声で叫んだ。「しかし有害なキリスト教的象徴主義は本校では認められません！」彼女が苦々しく王冠の十字架を指さしたまさにその瞬間、ミヒャがやってきたのだった。彼は息を切らしていて、おまけに汗だくだった。

「あなたはいったいどうしたのですか？」

ミヒャはあまりに息を切らしていたので、答えるのも一苦労だった。「僕は……逮捕されて……国境地帯で……ずらかろうとしたんだけど……抵抗もしたんだけど……」

「出て行きなさい！」と校長が彼を怒鳴りつけた。

ミヒャはもう十分だと思った。そして家に帰った。母は泣き出した。ミヒャを赤の修道院へ進学させ、ソ連の大学に留学させるために、クッピシュ夫人はすべてを試みたのだ。彼女は祝日には必ず旗を掲げるよう気を配り、家を宿舎にし、PTAクラス委員会の会員になり、新ドイツ新聞を取り、ハインツからもらった西側のビニール袋は必ず文字を内側にして使った。それどころか、自分の息子をミーシャと呼びさえしたのだ。それなのに、たった一日ですべてが終わってしまった。クッピシュ夫人は力尽きた。彼女は一日と一晩泣き通した。次の朝クッピシュ氏が「俺は陳情書を書くぞ」と言った。そして彼は、いままで一度もしたことのないことをした。つまり、本当に机に座って陳情書を書いたのだ。

二週間後、クッピシュ氏は返事を受け取った。彼はミヒャとクッピシュ夫人の手を取り、断固とした覚悟で赤の修道院へと向かった。そこで最初にミヒャの目に入ったのは、チェスクラブのポスターがいまは農夫の駒の形になっていることだった。

クッピシュ氏は秘書の激しい防御工作をものともせず、校長室へと押し入った。校長はもの問いた気な目でクッピシュ氏を見た。クッピシュ氏はポケットから手紙を取り出すと読み上げた。「……様……に関してどうしたこうした……ここだ！」彼は探していた箇所を見つけると、その手紙を引用し始めた。「……我々は、決定された除籍処分が取り消されるよう指示を出しました」

勝ち誇った「よし！」という声とともにクッピシュ氏は手紙を引っ込めた。「要するに我々は陳情書を書いたんですよ！」彼は満足しきってそう言い、「我々」というのがだれのことかを校長にはっきりさせるために、ミヒャとクッピシュ夫人を部屋へ呼び入れた。ミヒャはやってこなかった。クッピシュ夫人がおろおろと言った。「ミヒャはちょっと用を足しに……うれしいときはいつもそうなんです」。これはうそだった。けれどそれももう彼女の最後から二番目のうそになる。ミヒャの印象がよくなるようにと彼女が努力するのは、あとたった一回きりだ。

つまり、ミヒャは用を足すためにトイレに行ったのではなかったし、少しもうれしくはなかった。彼は化粧室へ行ったが、それは鏡の前で身だしなみをだらしなく崩すためだった。校長室へ入ってきたとき、彼はガムをかみ、髪はぼさぼさ、シャツのボタンは上から三つ大胆にあいていた。ミヒャのかっこうは、赤の修道院ではどんなことがあってもぜったいに受け入れられないだろう生徒のかっこうだった。クッピシュ夫人がさっそく彼の身だしなみを整えにかかったが、ミヒャはその押しつけがましい行動を手を振ってはねのけた。クッピシュ夫人はおずおずした視線を校長に送り、ミヒャの印象がどれくらい破壊的かを確かめようとした——けれど校長は何も言わなかった。彼女はただミヒャをじっとにらみつけ、ミヒャも彼女をじっとにらみつけた。二人のうちどちらも、何も言う必要はなかった。クッピシュ夫人は雰囲気を和らげようとして、ついに最後のうそをついた。「ミーシャ、寄宿舎に入ったら、あなたのソ連の文通相手に住所が変わったことを知らせなくちゃね」

もちろんミヒャにはソ連の文通相手なんていなかったし、いるようにも見えなかった。校長とミヒャがまだにらみ合ったままなので、クッピシュ氏は陳情書の返事としてもらった手紙を神経質に振り回し、ミヒャを励ました。「おい、なんとか言えよ！」

ミヒャは以前ハインツ伯父さんから聞いた言葉を言い、そのあと部屋を去り、学校を去った。彼の言葉は、彼の将来をだいなしにするには十分な言葉だった。けれど少なくとも、彼はたったいまからもう優等生でいなくてもよかった。優等生でいるのは大変だった。そしてクッピシュ夫人もまた、もう家族を美化するためのアイディアをひねり出す必要もなかった。美化するのもやはり大変だった。そして彼女は数分後には息子の決断をとても喜んでいた。きちんとした親は、子どもを赤の修道院みたいな学校に入れたりしないわ、とクッピシュ夫人は考えた。クッピシュ氏もすぐに上機嫌になった。自分が書いた陳情書のことを考えるだけで、彼はすぐに誇りで胸をいっぱいにすることができたのだ。「やろうと思えばできたんだ！」と彼は言い、手紙を振った。「やつらに、今日それを見せてやったんだ！」

こうしてミヒャとその両親は、誇り高く頭をまっすぐ上げてゾンネンアレーに帰ってきた——何年にもわたる必死の努力のあげく、ミヒャが赤の修道院に入れなかったにもかかわらず。これまではいつも、なにもかもが複雑で骨が折れた。けれど幕切れは本当にあっけなかった。ミヒャはこう言ったのだ。「ラス、ドヴァ、トリ——ロシア人にはならん！」そしてこの言葉で幕が下りたのだった。

ゾンネンアレーでの生と死

一方で、ミリアムはそれから数週間ミヒャを完全に無視した。四回も誘ったのに家に来なかったミヒャを、彼女は許せなかった。彼女はミヒャがチクケイに逮捕されたことを聞いていなかったので、あの晩ミヒャがやってこなかったことでとてつもなく傷ついていた。ああいう誘いにさえ乗ってこないなら、彼はいったいどうしたいというのだろう？　彼がわたしのことなんかどうでもいいっていうんなら、いったいだれのことが好きだっていうんだろう？　ミヒャはあいかわらず見かけ倒しのがっかりさせるやつということになり、ミリアムはまた西ベルリン人たちといちゃつき始めた。そしてそれをまったく隠そうとしなかった。毎週のように彼女の家の前には違う車が停まった。まずはポルシェ、それからメルセデス・カブリオレ、そのあとがジャガーで、なんとブガッティのときさえあった。ミリアムの弟がマッチボックスのミニカーでしか集めたことのない錚々《そうそう》たる車が、正真正銘ミリアムの家の前に乗りつけたのだ。ミヒャは真っ青になった。ミリアムはどうやって見つけてくるんだろう、とミヒャは心の中で考えた。毎週違う男だなんて。けれどミリアムの弟が、そう見えるだけで実際は違うんだと教えてくれた。実際はミヒャが予想していたよりずっとひどかった。一台のビッグ・バンガー――珍しい車のひとつで、ミリアムもまだこの車の出迎えを受けたことはなかった――と引き換えに、ミリアムの弟は次のように暴露した。「僕の姉ちゃんが毎週別の男と会ってると思ってるだろ。でも違うんだ。いつもおんなじやつなんだ。ただそいつが毎週違う車に乗ってくるんだ」。ミリアム本人でさえ、彼がどうやってそれをやってのけているのか知らなかった。「あの人ぜったい百万長者だわ!」それどころか、ミリアムの弟は「あいつはエルヴィスだ」と推測していた。けれど彼はエルヴィスではなかった。「それならだれだよ? いったいだれだ?」とミリアムの弟は尋ねた。結局ミヒャはこう結論を出した。彼はベルリンのスルタンかもしれない。

ベルリンのスルタンは善行を施した。ある日彼がキャディラックのばかでかいドアを間抜けなタイミングで開けたので、折りたたみ式自転車に乗って通りかかったモジャは、それを避けきれなかった。モジャは歩道にたたきつけられた。もしモジャが泣き叫びながらチクケイのところへ駆けつけていたら、ベルリンのスルタンにとっては高くついたことだろう。けれどモジャは落ち着いてすべてを丸く治めた。「エグザイル・オン・メイン・ストリート」を買うために、彼には五十西ドイツマルクが必要だったのだ。ベルリンのスルタンは最初彼を二十西ドイツマルクで、それから五十東ドイツマルクで丸めこもうとしたけれど、モジャは五十西ドイツマルクと言い張った――そして結局それだけもらった。こうしてあとは火曜日を待つだけとなった――ついにあの二枚組のアルバムを、いまだに週に一回鉄道の高架下に立ってレコードを売っているカンテのところで手に入れることができる。

ベルリンのスルタンがあまりにしみったれていたので、彼が本当にみんなが考えているような男なのかどうかと、モジャは疑った。けれどミヒャにはそんなことはどうでもよかった――スルタンであろうとなかろうと、やつはあまりに頻繁にミリアムのところへやってくるし、いつもあまりにいい車に乗っている。そして彼は型破りだ。ふつう、人目につくよい車に乗っている男は、女をつぎつぎ取り替えるものだ――それなのにベルリンのスルタンは人目につくきれいな女とつきあって、車をつぎつぎ取り替えるのだ。何度もやってきて、その度に違う車に乗っているような男の前では、ミヒャは無力だった。ミヒャの神経は完全に逆立っていた。西ベルリン側の展望台からまたしても高校生たちに嘲笑されたとき、彼は怒りに燃えて怒鳴り返した。「オレが十八になったら、三年間国境警備隊に行くんだ——そうしたらおまえら全員撃ち殺してやる！」ゾンネンアレーのだれも、ここまで怒っている彼を見たことはなかった。けれど彼のこの怒りの爆発は、よい結果ももたらした。ミヒャはその後二度と嘲笑されなくなったのだ。

ベルリンのスルタンの正体は、実はホテル・シュヴァイツァーホーフの駐車場の警備員だった。ホテルに泊まっているあいだ、どの客が車をガレージに入れっぱなしなのかを、彼は知っていた。そしてその客の車を使っていただけだったのだ。腐るほど金があると思わせるには完璧な手口だった。ところがある日失敗した。車体を傷つけたわけではない。大きな事故を起こしたわけでもない。もっとひどいことが起こったのだ。ベルリンのスルタンがこれまで想像さえしたことがないほどひどいできごとだった。ある日ランボルギーニでやってきたとき、税関検査で問題が起こった。トランクから四丁の自動拳銃が見つかったのだ。ベルリンのスルタンは、それがマフィアのものとは知らずにランボルギーニを借りてきてしまったのだった。この自動拳銃のせいで、ベルリンのスルタンはもちろんシュタージから尋問を受けた。何日も。その後彼は釈放された。自動拳銃とランボルギーニは返してもらえなかった。マフィアたちはすでに彼を国境で待ち構えていた。彼が恐れていたとおりだった。そこには三人のシチリア人が立っていて、ぼんやり虚空を見つめたり、退屈そうにつめを磨いたりしていた。ベルリンのスルタンはちょうどシュタージとの困難をくぐりぬけてきたところだったけれど、いまから本当の困難が彼を待ち受けていることを悟った。彼はきびすを返して国境検問所まで戻り、ドイツ民主共和国の国民になってもいいかと礼儀正しく尋ねた。国境監視員は彼を放り出した。シチリア人たちはいまだに通りの向こうの角に立っている。ベルリンのスルタンはもう一度きびすを返して、国境監視員にドイツ民主共和国の国民にしてほしいと懇願した。またもや断られた。三度目には彼は泣きながらひざをついて進み、ドイツ民主共和国の国民になりたいと哀願した。国境監視員の一人が受話器をつかみ、本省と話した。本省では彼にあわれみをかけた。こうしてベルリンのスルタンはドイツ民主共和国国民になり、歩行者になった。けれど彼とミリアムの関係はおしまいだった。彼がマフィアの射程距離内で暮らすなら、二人の間には距離を置いても置きすぎることはない、と彼女は言った。

ベルリンの壁の奇妙なところは、そこに住んでいる人は壁を少しも特別なものだと思っていないということだった。壁は彼らの日常にあまりにも溶けこんでいたので、だれもその存在にほとんど気がつかないくらいで、万が一こっそりと壁が開放されたとしたら、それに気がつくのはそこの住人たちが最後だっただろう。

ところが、ゾンネンアレーのはしっこの住人すべてに、自分たちがどこに住んでいるのかを思い出させる事件が起こった。そしてそれは、そんなことにだけは決してなりませんようにとだれもが願っていたような起こり方をした。あとになって、あの晩何が起こったのか、どうしてそんなことが起こり得たのかを、みんなが明らかにしようとした。

ミヒャは、ミリアムがベルリンのスルタンといちゃつく様子をたびたび目にするはめになっていた。無力感に打ちひしがれて、彼はまたもあの古い間抜けな計画を推進した。つまり、いまだに死のゾーンに落ちている彼女のラブレターを取り戻すことだ。彼の思考はただこのラブレターの周りだけをぐるぐる回り、ほとんど狂気の次元に達していた。国境の軍務を志願して、近くの監視塔から、双眼鏡と望遠照準器から成る自作の視覚装置の助けを借りて手紙を読むことまで考えたくらいだった。彼は徹底的に光学の公式に没頭し、焦点距離だとか、屈折だとか、軸ナントカ係数だとかの専門概念に詳細に取り組んだので、必要な計算を自分でできるまでになった。

それにミヒャはときどき、壁の前の、ちょうどその向こうに手紙がある場所にただ立ってみたりもした。まるでご主人の墓の上で月に向かって吠える犬みたいに。ある火曜日、本当に満月の晩、そこでミヒャに出くわしたのはモジャだった。

「やあ、ミヒャ！」と輝くような笑顔でモジャは呼びかけた。「こんなところで何してるんだ？」

モジャがどうしてこんなに上機嫌なのか、ミヒャにはわからなかった。いったいどこのだれが上機嫌でなんかいられるというのだろう。この同じ地球上で、最も美しい、なによりも美しい女性からのラブレターが失われようとしているというのに！　しかもまだ読んでもいないのに！　ミヒャはモジャに心のうちをぶちまけ始めた。「この向こう側にあの子の手紙があるんだ。わかるか？　彼女の手紙があそこにあるんだ。なのに手が届かないんだぞ！」

「どうして届かないんだよ？」とモジャが不思議そうにミヒャをさえぎった。

「何言ってるんだ？」ミヒャは絶望的に問い返した。「あそこは死のゾーンなんだぞ！　わかってるのか、踏み込んだら射殺されるんだぞ」

モジャは、まるで何が問題なのかわからないという顔でミヒャを見つめ、言った。「明日教えてやるよ」。彼は先を急いでいた。けれどミヒャが彼を捕まえた。モジャはどうやら、ミヒャにとって最も重要な問いの答えを知っているらしい！

「どうすればいいんだ？」ミヒャは知りたがった。

「なんてアホな質問なんだ！」と言ってモジャはがっかりしたように首を振った。そしてミヒャのアパートを指差した。「あそこはおまえの家だろ！」

「それがどうした。そんなことわかってる！」ミヒャにはモジャの言いたいことがさっぱりわからなかった。

「だから、延長コードがあればおまえの家の掃除機をここに持ってこられるだろ」

「だから？　いったい掃除機で何しろっていうんだよ？」

モジャは、ミヒャのアパートの前にもう何年も積みっぱなしになっている建設現場の石くずの山を指差した。石くずの山の真ん中からは長いホースの先が突き出ていた。「この管の片方のはしを掃除機に差しこんで、もう片方を死のゾーンに向けたらいいだけじゃないか」

ミヒャは言葉を失った——天才的な思いつきだ。手紙が落ちているあたりに向けて壁にホースを投げ上げ、何度も動かすだけでいいのだ。いつか手紙はホースの先に吸いつくだろう。ミヒャはさっそく家から掃除機とケーブルドラムを持ってきた。モジャは少しも気が進まなかったのに、手伝うはめになった。

その晩は、みんながいつもより少し興奮気味だった。もしかして満月だったせいかもしれない。マーリオと街を散歩していた実存主義者は、もうずっとなかったくらいの長い演説をぶった。「あのね、あなたにははっきり言っとくわ。わたしはもうとことんうんざりなの。わたしは画家なのよ。なのにここで何を描けっていうわけ？　ここではね、絵の具は一色あれば十分なのよ。灰色がね。うんざりだって顔ばっかり。あのね、わたし西側の友だちから絵の具もらったのよ。すごくきらきらしてて、みんなうらやましがるようなやつ。なのに、ねえ、そんなものなんにもならないのよ！　あんな鮮やかな色で何描けっていうの？　ほんとに、あいつら色を廃止する気だわ。これであと旗の赤色があせたら、ねえ、聞いてる？　そうしたらやつら本気だってことよ！　みんなずらかっちゃうのも無理ないわ。まだずらかってないやつはずらかりたいと思ってるし、まだずらかりたいと思ってないやつだってそのうち気がつくわ。それで最後のやつが明かりを消すってわけね」

その瞬間、まるで奇跡のように、すべての明かりが本当に消えた。マーリオと実存主義者は暗闇に立ちすくんだ。それはただの停電だったのだが、まるで彼女の言葉に呼応したみたいだったし、おまけにそこは国境地帯だった。こんなことはこれまで一度もなかった——国境地帯での停電なんて。それがあまりにも不気味で、実存主義者はすすり泣き始め、マーリオの首にすがりついた。

「どうしよう、マーリオ。わたしたち本当に最後に残されちゃったんだわ。みんなわたしたちのこと忘れちゃったのよ。でもあなたはわたしを置いていかないでしょ？　わたしと――赤ちゃんを」

マーリオは耳を疑った。「赤ちゃん？」と彼は尋ねた。彼女がうなずいた。こうしてマーリオは、自分が父親になることを知った。


停電が起きたのは、国境監視員が例の複雑怪奇な日本製ハイファイ・ステレオセットを、東ドイツの電力網につないだまさにその瞬間だった。電気がショートして――そして住宅地と死のゾーンすべての明かりが消えた。真っ暗闇になった。陰謀の理論に通じた国境監視員は、この日本製ハイファイセットが一種のトロイの木馬だったこと、停電を起こすというただそれだけの目的でこの税関にやってきたことを、一瞬で見抜いた。そこで国境監視員はただちに警報を作動させた。「国境警報！」と彼は叫び、照明弾を撃ち上げた。その晩みんながいつもより少し興奮気味だった原因であろう満月の浮かぶ空に向かって。

最初の照明弾が空に撃ち上げられると、クッピシュ氏とクッピシュ夫人はこの出し物をもっとよく見物しようと屋根に上った。彼らはお互いに腕を組み、「おお!」とか「わあ!」とか叫び声を上げた。それは、これまで大みそかの夜にも、建国記念日にも、どんな青年の祝典でも見たことがない花火だった。

もちろんミヒャとモジャにも停電は襲いかかった。二人が手づくりの装置で手紙を奪い取るより前に、掃除機の電源が切れた。そこで長いホースをしまいこんでいるとき、彼らは国境守備兵に発見されたのだ。照明弾の燃えるマグネシウムが輝く光を放ち、ベルリンの壁に鋭い影を幾重にもくっきりと浮かび上がらせた。照明弾は上がっては落ち、それにつれてミヒャとモジャと彼らの持つなぞの物体の影も動き、形をゆがませた。彼らのあわてた動きはまるでテロリストの動きのように見えた。影は互いに絡まり合ってはまた離れ、あらゆる方向に延び、膨張したかと思うとこつぜんと消えた。この二人が、ただ掃除機と非常に長いホースの助けを借りて、死のゾーンからラブレターを取り戻そうとしていただけだなんて、どんな国境監視員だって思いつかなかっただろう。照明弾が演出する不気味な光と影の競演のもとでは、無害に見えろという方が無理だった。おまけに満月だ。

銃声が響いたとき、ゾンネンアレーのだれもが、今度は照明弾ではないとわかった。そしてモジャが身動きもせず舗道に倒れているのを見たとき、みんながそれは命中弾だったことを悟った。ミヒャはまだ彼の側にいたし、マーリオと実存主義者もすぐに駆けつけた。何が起こったのかを見に、クッピシュ夫妻もすぐに屋根から下りてきた。関係者でもあるチクケイもまた走り寄った。ミリアムとその弟もやってきた。モジャは通りに倒れたまま動かず、みんながむせび泣いた。彼の心臓のある場所に、上着を貫いて弾が穴を空けていた。こんなことだけはぜったいに起こりませんようにと、みんないつも願っていたというのに。それなのにこんなことになってしまった。モジャが少し動いた。実存主義者が彼の方にかがんで、せめて楽な姿勢で死なせてあげようとした——ところが、モジャはいきなり立ち上がったのだ。彼は上着のボタンを外して、まだもうろうとしたまま、懐から「エグザイル・オン・メイン・ストリート」を取り出した。レコードは撃ち砕かれていた。けれどこのレコードが彼の命を救ったのだ。

モジャは泣き始めた。「本物のイギリス版!」しゃくりあげながら彼は、ぐしゃぐしゃになったカバーから「エグザイル」の割れたかけらを取り出した。「新品だったんだ! 密封カバーの! なのに両方とも壊れちまった! 二枚組アルバムだったんだ!」モジャは涙にかきくれた。

「モジャ、もしそれが一枚だけだったら……」と実存主義者が言ったが、続きを最後まで考える勇気がなかった。

「一枚では足りなかっただろうよ、モジャ」とクッピシュ氏が言った。

「それはそうだけど」身を震わせて泣きじゃくりながらモジャが言った。「それにしたって！」

そしてそのとき、あのラブレターが死のゾーンから壁を越えて舞い上がるのを、ミヒャは見た。手紙はあかあかと燃えていた。下降する照明弾のひとつが手紙の上に落ちて火がつき、手紙は自身の熱で浮きあがり、灰になって再びゾンネンアレーのはしっこに舞い戻ってきたのだ。ミヒャは燃える手紙を見つめ、それが燃え尽きたとき、ミリアムの方を見た。そのときミリアムは突如、ここで何が起こったのかを悟った。彼女はもちろんすべてのこまごましたことを理解したわけではなかったけれど、この発砲が自分にも何か関係があるということははっきりわかった。

何日かあと、ミリアムとミヒャは通りで出会った。暖かい季節も終わりに近づいたある日のことだった。ミリアムはその年最後の夏のワンピースを着ていて、その下には何もつけていなかった。ミヒャはちょうどアイスキャンディーを袋から取り出したところだった。ミリアムが彼に心の中を打ち明けたとき、ミヒャはとてもじゃないけれどアイスをなめることなんてできなかった。それは「クールじゃない」とたぶんミヒャは思ったのだろう。「クール」なんて言葉は、そのころはまだなかったけれど。そういうわけでアイスは彼の手に垂れて、腕をつたって流れ落ちた。

二人とも良心が痛んでいた。ミリアムは、ミヒャがどんなに彼女のことで苦しんでいるか、ミヒャの傷を見くびっていたし、ミヒャはラブレター妄想で暴走しすぎた。もしモジャがあのたとえようもない幸運に恵まれていなかったとしたら、ミヒャはきっともう生きていく気がしなかっただろう。少なくとも彼の人生には永遠の影が落ちていたことだろう。もしも、だったら、だろう……なにもかも仮定ばかりだ。

ミリアムは彼女のいちゃつきコンプレックスに話を持っていった。彼女が西ベルリンの男たちといちゃついていたとき、ミヒャがとても苦しんでいたことを、ミリアムは申し訳ないと思った。ミリアムはミヒャに、「やつら」がなにもかも指図したがり、「やつら」がなにもかもを禁止する、ということを説明しようとした。「やつら」というのはもちろん西の男たちのことではなくて、エルトムーテ・レッフェリングを始めとする全員のことだった。つまり、発言権を持つ人間すべてだ。「やつらはわたしたちになにもかも禁止したがるし、なにもやらせてくれようとしない」とミリアムは言った。そして彼女はなんとかしてそれに対抗しなくてはならない。なんとかして、やつらが彼女になにもかも禁止できるわけではないと感じなければならない。西の男といちゃつくと、やつらが彼女の上にあらゆる権力を振るえるわけではないと感じることができる。なぜなら……

彼女が言葉を探している間、ミヒャは手に持ったアイスがいまや崩壊寸前なのを感じた。とにかく話を短くするために、ミヒャはミリアムをさえぎって、今度一緒に映画に行かないかときいた。いまちょうど「八十日間世界一周」をやってるんだ。あこがれと、狭苦しい場所への嫌悪感と、遠いところへ行きたいという気持ちについて話そうと思っていたミリアムは、まるで救われたような気がした。「ついにわたしのことわかってくれる人が現れたわ！」ミヒャにはさっぱり何もわかっていなかったけれど、ミリアムが晴れ晴れした様子でミヒャに別れを告げたとき、彼も手を振った――そのときアイスの最後の一かけらがシャツの胸に飛んだ。

映画館で彼らは、フィリアス・フォッグとその従僕パスパルトゥの旅を観た。ムーア人やベリーダンサー、原生林や砂漠、蒸汽船や気球、クロコダイルや野牛や輿《こし》を担いだ象。ミヒャはまたしても内気で、思いきってミリアムの肩を抱くことができなかった。映画はふつうより長くて、おまけにミリアムは彼の肩にもたれかかっていたというのに。

映画館から出ると、カール・マルクス・アレー沿いに戦車が何台も走っていた。それは建国記念日である十月七日に行われる軍事パレードの予行演習にすぎなかったのだが、二人はそれで、自分たちがいまどこにいるのかをまたしても実感するはめになった。戦車は臭くてうるさかった。鮮やかで軽やかなあの映画とこれ以上対照的なものは考えられない。ミリアムは泣きながらミヒャの腕に飛び込み、ミヒャは彼女に腕を回し、彼女をしっかりと抱きしめ、なんとかして慰めようとした。けれど慰めになるものなんて何もなかった。映画がミリアムを「柔らかい気持ち」にしたと思ったら、突然夜の街には戦車が走っている——こんなふうに乱暴に現実に直面するなんて、ミリアムには荷が重すぎた。

帰り道ずっと、ミリアムは頑として口を開こうとせず、せいぜい一度首を横に振ったくらいだった。家に帰ると、彼女はだれとも口をきかずにベッドに入った。次の朝も彼女は横になったままで、じっと天井を見つめてばかりいた。何にも、だれにも反応しなかった。次の日も、その次の日も、彼女は無表情で横たわっていた。お茶をするか、たまにスープをほんの少し口にするだけだった。もちろん周りはみんな心配した。彼女に何が起こったのか、だれにもわからなかった。それにだれも、それをミヒャに知らせることができなかった。彼がどんなに繊細で、なんでも自分のせいだと考えてしまうか、みんな知っていたのだ。ついにチクケイが、ミリアムのところへ行くようにとミヒャに勧めた。「お前の好きなあの子、具合が悪いぞ」

ミリアムのベッドのわきに腰を下ろしたとき、ミヒャはすっかり変わった。この国で壊れていく人たちの話を、彼は知っていた。そして彼の望みはただひとつだった。ミリアムを救うこと。彼はもうずっと以前から、彼女を救いたいと思っていた。火事か戦争が起こって、そこからミリアムを救い出せるといいのにと思うこともあった——けれどいま、彼は感じた。だれかが駆けつけて彼女を救わなくてはならない。そしてそのだれかに、彼はなりたかった。彼は彼女のほうにかがみこんで言った。「あのさ、オレだってよくそうなっちゃうんだ。そういうときいつもオレはそのことを日記に書くんだ。それに君は独りじゃない。本当だよ。独りじゃないいんだ」。ミリアムはなんの反応も見せなかった。ミヒャがこう約束したときにも。「明日読んで聞かせてやるよ、オレの日記」。こうしてミヒャは別れを告げると家に飛んで帰り、彼の部屋への「立ち入り禁止令」を公布すると仕事にとりかかった。問題は、ミヒャが一度も日記なんて書いたことがないということだった。けれどいま、彼は書かねばならない。

一冊目の日記が最難関だった。字がまだ下手くそに見えるように、左手で書かなくてはいけなかったからだ。彼の日記がミリアムに及ぼす効果は、日記をつけている期間が長ければ長いほど大きいに違いない、とミヒャは計算した。彼は一晩中日記に取り組みながら、ここゾンネンアレーの末端、すべてがこんな風に流れる場所に生きることは何を意味するのかと考えた。そして彼は書いた。彼女をずっと好きだったこと。それは彼女がどこか特別で、彼女の中には彼女自身を超えた何かが息づいていると、彼が感じるからだということ。彼女がいつも彼に希望を与えてくれたこと。そして彼女のなにもかも、本当になにもかもがうまくいくように祈っていること。こういう告白をぜんぶ、彼女の前で読み上げることになると彼にはわかっていたけれど、そんなことは気にならなかった。ミリアムを励ますためなら、彼女を救うためなら、彼はどんな手段もいとわなかった。どんな手段も。

次の朝、最後の日記を書きながら眠り込んでしまったミヒャを、クッピシュ夫人が発見した。ミヒャの頭は開いた日記帳の上に載っていて、手はインクにまみれ、机の上には空になったインクカートリッジが七本転がっていた。そう、七本だ！　ジンギス・カーンは一晩で七人の子どもをつくったが、ミヒャは一晩で七本のカートリッジを使いきったのだった。

ミヒャが日記を持ってミリアムを訪ねたとき、彼女はこれまでの数日間と同じように瞳をじっと部屋の天井に向けたまま、無表情でベッドに横たわっていた。ミヒャは一冊目の日記を取り出して、彼女に見せた。「ほら、見てみろよ」と彼は言った。「このころは書くっていうより落書きしてたようなもんだ」。ミリアムはなんの反応も見せない。「じゃあ、いくよ」とミヒャは言って咳払いした。「読み上げるからね。親愛なる日記帳よ！　今日はとても大切な日だった。今日僕たちは〈ß《エスツェット》〉という字を習ったからだ。これで日記を始めるかいがある。だって僕はついに、これまでは頭の中で考えるだけだったとても大切な言葉を書くことができるからだ。その言葉というのは――クソ（SCHEIßE《シャイセ》）！」

　ミリアムが微笑んだ。始めたばかりですぐには中断されたくなかったミヒャは抵抗した。「待って待って、まだ続くんだ……」そこまで言ったところで彼ははっとして、もとのミリアムがまた姿を見せたことを悟った。彼女が再び何かを受け入れたのだ。彼女は聞き、反応し、そして微笑んだ！　ミヒャは幸せでどうにかなってしまいそうだった。「君は……オレが君を……」。ミリアムは微笑み、瞳を輝かせ、さらに腕を彼の首に絡ませて自分のほうへ引き寄せると、ついにあの約束を実行した。西ベルリンの男たちがどんな風にキスをするのか、彼に教えたのだ。

　ミリアムの弟がドアのところに立って見守っていた。そろそろ頃合いだったからな、と弟は思った。

それから弟は広場へ行って、そこにいた一人からストレッチャ・フェッチャをせしめると、マーリオと実存主義者とモジャとデブとメガネ、それに榴散弾に、ミリアムがミヒャに救い出されたいきさつを語った。「なあみんな、これは愛だ！」とミリアムの弟は言い、みんなは神妙にうなずくと黙り込んだ。そして雲の影が彼らの上を通りすぎたころ、寒さに震え出した。

その日の午後、ミヒャがミリアムのところから高揚した気分で家へ帰ってくると、クッピシュ夫人が泣きながらドアを開けた。「ハインツが……死んだの！」そう言って彼女は居間を指差した。ハインツは安楽いすに座って死んでいた。「肺ガンよ！」涙にくれながらザビーネが言った。「お医者さんが、肺ガンだったって」

呼び鈴が鳴って、クッピシュ氏がドアを開けた。ドアの前にはシュタージの隣人が立っていて、クッピシュ一家にお悔やみの言葉を述べた。しかも彼は黒いスーツまで着ていた。「わたしはこれまで自分の仕事に関してはいつも慎重にふるまってきたのですが」と、やや仰々しく彼は言った。「けれどもう長年のご近所づきあいですから……」彼がアパートの廊下に立っていた二人の男に合図すると、男たちは狭い家になんとか棺おけを運びこんだ。こうしてクッピシュ一家は、彼らの隣人が葬儀屋だったことを知ったのだった。クッピシュ氏はあまりに驚いて真っ青になってしまった。隣人が彼に蒸留酒を勧めてくれた。「さあどうぞ、クッピシュさん。血液循環がうまくいかなくなってしまうのは、少しもおかしなことじゃありませんよ。我々にとっては毎日のことですがね」。クッピシュ氏は蒸留酒をあおった。そして再び具合がよくなると、彼の隣人に向かって、ちょうど頭に浮かんだことを無邪気にそのまま口にした。「シュタージの隣人よりは葬儀屋の隣人ですな。とにかくこれで少なくともお互い何者かはわかったわけだ」。隣人は、クッピシュ氏がどうしてそんな比喩《ひゆ》を持ち出す気になったのかさっぱりわからなかったが、それでも、よくわかります、と言うようにうなずいた。それから彼は仕事に取りかかった。

棺おけの蓋《ふた》が開いたとき、ミヒャの胸は締めつけられた。クッピシュ夫人の目からはあまりにたくさんの涙があふれていたので、もう彼女には死んだ兄の顔もよく見えなかった。ベルントがザビーネに、終油と天国のための彼女の司祭さまはどこにいるのかときいたが、ザビーネはすすり泣きながらこう言った。「あの人は退屈だったの……貞潔の誓いのせいで。パパ、いままでこんな言葉聞いたことある?」そしてハインツが棺おけに横たえられたときに起こったできごとのせいで、ミヒャの目からも涙があふれた。ハインツのズボンのすそから

「スマーティー」チョコレートが一本転がり出てきたのだ。

ハインツは歴史上最も偉大な密輸業者になれたかもしれないのに、とミヒャは思った。でも、一度くらいは本当に禁止されているものを持ってきてほしかった。爆弾とか、「モスクワ・モスクワ」とか、ポルノ雑誌とか……「こんなものばっかりじゃなくて！」スマーティーを拾い上げて、ミヒャはしゃくりあげた。

ハインツの埋葬に立ち会うために、クッピシュ夫人は国境を越えることを許可された。ゾンネンアレーのはしっこに住むだれかが西側へ行く許可をもらったのは、それが初めてだった。彼女が許可をもらったのは、もしかしたら家族を人質として残していったからかもしれない。それとも彼女がいつも旗を掲げ、新ドイツ新聞を取り、家を宿舎にして客を泊めたからだったのだろうか……。クッピシュ夫人はたった一晩だけ西側に泊まることを許された。家に帰ってくると、彼女はコーヒーを一缶机に載せた。「密輸したわ！」

「また始まった！」ミヒャがうめいた。「ママ、コーヒーは完全に合法なんだよ！　密輸する必要なんてないんだ。どうせならほかに……」

そのときクッピシュ氏はすでに興味津々で缶を開け、香りを楽しもうと鼻の下にあてがっていた。「こいつはコーヒーじゃないぞ！」

ベルントが缶に手を突っこんだ。黒い粉が彼の指先にくっついた。「これってまるで……」。彼は途方に暮れて指でその粉をこすり合わせた。麻薬ではない。

ザビーネが最初に気がついた。「ねえ、これはハインツ伯父さんじゃないの？」クッピシュ夫人は誇らしげにうなずいた。

ミヒャ、ザビーネ、ベルント、そしてクッピシュ夫妻は、一分間ものも言わず缶の中身をのぞきこんでいた。「彼の霊の安からんことを」ついにクッピシュ氏がそう言って、再び缶に蓋をした。ハインツのセンセーショナルな密輸作戦の成功をまたしてもこの目で見ることになろうとは、だれも予想していなかった。おまけに今回はいままでのすべてを凌駕《りょうが》していた。ハインツが、彼自身が、国境を越えて密輸されたのだ。彼にこれ以上ふさわしい終わりは考えられなかった。

その晩ハインツは、バウムシューレンヴェークにある墓地のマロニエの下に葬られた。「葬儀はしめやかに行われました」という決まり文句がこれほどぴったりとあてはまる葬儀はなかった。ゾンネンアレーのはしっこに住む全員が、チクケイや国境監視員まで含めて勢ぞろいしたにもかかわらず。死者への呼びかけはとても短かった。「ハインツ」とクッピシュ氏が厳かに言った。「君は我々の義兄であり、兄であり、伯父であるだけではありませんでした—

—君は我々の西側の親戚だったのです!」

みんなが墓に土を投げ入れ、家路をたどった。帰り道ではみんなお互いに話をした。ミヒャだけがどの会話にも加わらなかった。彼は、あの日記をどうすればいいか考えていた。ミリアムにはいちばん最初の一日分を読み聞かせただけだった。けれどいちばんよいところはこれからなのだ。作家になろうかな? と彼は考えた。そしてすぐに、だめだ、と思った。読者が首を横に振らずに読めるようなものを、どうやって書けっていうんだ? みんながなにもかもを、いかにも重要なことみたいに話しているのを聞けばわかることだ。実存主義者はマーリオに、西側で出版された新しい育児書の話をして、子どもが生まれたらイェクァナ・インディアンみたいに育てようと言った。チクケイは、次の建国記念日には必ず昇進するだろうということを、みんなに知らせて回った。モジャは先週の金曜日に中央百貨店にライセンス製の西側のレコードがあったと言った。クッピシュ氏は、同じ話をもう五回くりかえしていた。選挙に行っておいてよかった、そうでなければクッピシュ夫人はきっと西側へは行かせてもらえなかっただろう、それに四階のアルシェー一家が家屋居住者登録簿をつけているのには何か意味があるのだろうか——彼らはシュタージに違いない、保証してもいい……。

まったく、僕らはなんて口先ばかり達者だったんだろう。後年ミヒャはそう書くことになる。**あんな日々が、永遠に続いたかもしれないんだ。上から下まで反吐《へど》が出そうなことばかりだった。けれど僕らは見事に楽しんでいた。僕らはみんなとても賢く、博識で、好奇心旺《おう》盛《せい》だったのに、結局のところはばかばかしいことばかりだった。未来に向かって疾走していたのに、僕ら自身は過去の遺物だった。なんてことだ、僕らは滑稽《こっけい》だった。そしてそれに気づいてさえいなかったんだ。**

そんな日々が永遠に続いたかもしれない。けれどある日、事件は起こった。

マーリオと実存主義者は古いトラバントを買った。けれどマーリオは十八になるまで運転できない。そして十八になっても、まずは教習所に通わなくてはならないだろうし、それはそう簡単なことではなさそうだった。というのもマーリオはまたしても髪を伸ばしていたからだ。けれどマーリオは、闇タクシーを運転してお金を稼ごうと思った。タクシーはふだんほとんどいなかったし、ましてタクシーが必要なときにはぜったいにいなかった。だから車を持っていてお金が必要な人は、闇タクシーを運転した。そして、実存主義者はもう妊娠八か月目だったので、マーリオにはもうすぐお金が要るのだった。

マーリオは朝から晩まで車にかかりきりだった。その中古トラバントの一か所としてちゃんと機能するところはなかったので、文字どおりすべてを修理しなくてはならなかったのだ。車を買ってからというもの、実存主義者はマーリオの両足しか目にしていなかった。「こんな単純な車が、どうしてこう故障ばかりできるのよ！」ある日彼女はそう叫び、マーリオが「ちがうよ、これはただのパッキングスリーブの小ねじで、よく駆動体のピニオンにひっかかって……」となだめにかかったとき、陣痛が始まった。

「ああ、どうしよう、マーリオ、生まれるわ！」と実存主義者が叫んだ。マーリオは車体の下からはい出した。「電話をかけて！　タクシーを呼んで！」と実存主義者が叫ぶ。

「ここには電話なんてない！　ここにはタクシーなんてないんだ！　俺が連れていってやる！」

「どうやって？」絶望的な表情で実存主義者がきいた。そしてその瞬間、マーリオが何を言いたいのかに気づいた。「マーリオ、このおんぼろはもう六週間ここにあるけど、まだ一メートルだって走ってないのよ！」

「それならそろそろ走るころだ！」マーリオは叫んで、キーを回した。するとなんと――エンジンがかかった！　「そんなばかな」とマーリオはつぶやいた。彼は実存主義者を助手席に乗せるとドアを閉め、ついさっきまでそこで車の修理をしていた通用門から急発進した。激しい雨が降っていた。まるでバケツをひっくり返したようなどしゃ降りだ。車は通りへ突進して、歩道の縁石の角にぶつかり、排気管がマフラーもろとも吹っ飛んだ。あわれにも車は轟音をたてて進んだ。子どもに一生の障害が出るかもしれない、と実存主義者は心配になった。トラバントの中で生まれるなんて、空襲のさなかに生まれるのと同じくらいひどい。一方マーリオにはそんな配慮はなかった。彼は興奮して、車がたてる大音響に負けないようにわめいた。「ワイパーまで動くぞ、見たか?」実存主義者はそんな細かいことには興味がなかった。彼女はただ、子どもが生まれる前にこのガタガタいう地獄から逃れたいばかりだった。

ところが、ドライブは突然終わりを告げた。通りの真ん中に一人の交通警察官が立っていたのだ。

「通してください!」マーリオが叫んだ。「子どもが生まれるんです!」

「エンジンを止めてください」と警官が言った。「まずソ連の使節団を通します」

「だめだ」マーリオがわめく。「もう生まれそうなんだ!」そして彼は再びギアを入れると幹線道路へと突進した。あとになって彼は広場の仲間に語ったものだ。「自分の彼女に陣痛が始まってるってのに、国家の使節団なんて知ったことか」

マーリオがハウプト通りを曲がったところで、使節団が彼らのわきを通過した。十三台の公用車が最高速度で市中心部へと向かっていた。けれどマーリオのほうが速かった。すぐに彼は最後尾の車に追いつき、それから一台、また一台と国家公用車を追い抜き始めた。実存主義者は汗まみれで助手席に横たわっていた。すでに陣痛の真っ最中だ。マーリオが隊列全体をほとんど抜き去りかけたとき、二台の車が列を離れ、マーリオのトラバントを挟み撃ちにしたので、マーリオは停まらざるをえなかった。トラバントはエンストを起こした。彼はすぐにまた出発しようとしたが、うまくいかなかった。彼は車を降りて、どしゃ降りの雨の中に立ち尽くした。実存主義者は痛みで涙を流しながらあえいでいる。マーリオはこのときほど自分を無力だと感じたことはなかった。やぶれかぶれな気分で思いついたのは、遮光ガラスの国家公用車に向かって懇願の身振りをすることだけだった。するとなんと車のドアが開いて、一人のロシア人が降り立った。彼の額には大きなあざがあり、そのせいで最初の一瞬は恐ろし気に見えた。「お願いです！」マーリオは勇気を振り絞って言った。「子どもが生まれるんです！」ロシア人は空に向かって軽く手を動かした——するとその瞬間雨が上がった。それから彼は、実存主義者が陣痛に苦しんでいる車の中にかがみこんだ。彼女はうめき、叫び声を上げていた。ロシア人は車の中で何かごそごそやっていたと思ったら、しばらくして車から出てきた。手にはきちんとくるんだ新生児を抱えていて、それをマーリオの腕に渡した。両手が自由になると、ロシア人はトラバントのボンネットに触れた。すると車はたちまち始動した。

「奇跡を起こすロシア人よ!」と実存主義者が叫んだ。「名前をきいて!」

マーリオは興奮しながら彼に尋ねた。「カク・テビャ・ザヴット?」けれど奇跡のロシア人は、微笑みを残してすでに車に乗り込み、走り去ってしまっていた。

マーリオとエリザベートは彼らの赤ん坊を抱いて通りに立ち尽くし、国家公用車を見送った。隊列が遠ざかるにつれて、自分たちがたったいま、きっとだれにも信じられないような体験をしたのだと、ますますはっきりと実感した。やがて彼らの子も大きくなり、質問をするようになり、話を聞くようになるだろう……それでも、この国のことは、きっとこの子にはほとんど理解できないだろう。この子の両親がそうだったように。

起こったことをそのまま取っておきたいと本当に思うのなら、思い出に浸ってはならない。人間の思い出はあまりにも心地がよすぎて、過ぎ去ったものをただ留めておくだけではすまない。思い出は、見かけとは正反対のものだ。思い出にはもっともっと多くのことができる。思い出は、過去との和解という奇跡を粘り強く実現する。過去と和解すれば、どんな恨みも憤りも消え去り、かつては鋭く、身を切るように感じられたものすべての上に、ノスタルジーという柔らかなベールがかけられる。

幸福な人間の記憶力は悪く、思い出は豊かだ。

訳注

1（八頁）**三七九から始まる通り**　ゾンネンアレーの一番から三七八番までは西ベルリンに属した。

2（八頁）**死のゾーン**　ベルリンの壁は二重になっており、壁と壁との間は立ち入り禁止だった。立ち入れば射殺された。

3（九頁）**Q3a建築のアパート**　一九五〇年代後半から東ベルリンに相次いで建築された労働者向けの団地。廊下のない間取りで、各部屋は狭い。

4（二九頁）**九年生と十年生**　日本の中学三年生と高校一年生にあたる。

5（二九頁）**自由ドイツ青年同盟**　東独の政治組織。ほとんどの若者が参加していた。

6（三四頁）**中指を十字に交差**　うそをついたときのしぐさ。

7（四一頁）**シュタージ**　国家公安局。東ドイツの秘密警察。

8（四五頁）**ローゼンバーグ夫妻**　ローゼンバーグ事件。一九五三年ローゼンバーグ夫妻はアメリカのシンシン刑務所で、ソ連に原爆機密を売ったとして処刑された。

9（五六頁）**成年式**　十四歳に達した少年少女に社会主義への忠誠を誓わせ、大人の社会に組み入れる。

10（六二頁）**シュトラウスベルク**　ベルリンの北東約三十キロメートルにある町。

11（九九頁）**カール・エードゥアルト・フォン・シュニッツラー**　東ドイツのテレビコメンテーター。西ドイツを批判する毒舌で有名。

12（一〇九頁）**ピオニール団**　六歳以上十四歳未満の少年少女の組織。

13（一一〇頁）**強制両替率**　西ドイツから東ドイツに入国する者は、強制的に西ドイツマルクを東ドイツマルクに、一対一の割合で一定額両替しなければならなかった。

14（一一〇頁）**インターショップ**　高級品や外国からの輸入商品を、西側の外貨と交換で販売する国営商店。

15（一一七頁）**ロロロ文庫**　西ドイツの出版社ローヴォルト社の文庫本。

16（一二四頁）**ゼンソク草・ハレ**　ハレは旧東ドイツの県の名前。ザンダースドルフはハレ県に属した。この地域は大規模な化学工場による空気汚染で知られている。

17（一三八頁）**青いシャツ**　自由ドイツ青年同盟メンバーの着るシャツ。

18（一四五頁）**ドレフュス事件**　一八九四年フランスで起こったスパイ疑獄事件。ユダヤ系の陸軍大尉アルフレート・ドレフュスが、ドイツのスパイとして終身刑に処せられた。

親愛なる日本の読者のみなさんへ

　僕が生まれた国は、十二年ほど前からすでに存在しません。比較的小さな国でしたが、スポーツに興味のある方ならおぼえていらっしゃるかもしれませんね。僕の国はオリンピックでいつもすごい数の金メダルを取ったので、オリンピックが終わるころには世界中の人がこの国の国歌を口笛で吹けるようになったくらいでした。この国の名前は「ドイツ民主共和国」といいました。ここだけの話、この名前は大うそでした。

　ドイツ民主共和国がまだあったころ、僕は大きくなるにつれてどんどんこの国が嫌いになっていきました。高校を卒業して最初に気がついたのは、学校で習ったことは全部きれいさっぱり忘れてしまうべきだということでした。どんなふうに人生を始めたらいいのか、僕にはわかりませんでした。僕ができる最良のことに、だれも本当に関心を持ってはいないような気がしていたからです。それに、身の危険を招くかもしれないという心配をせずに、言いたいことを言いたいと思っていました。そしてなにより気に食わなかったのは、僕が見てみたいすべてのものから僕を遠ざけていたベルリンの壁でした。自分の世界が壁のところで終わってしまうなんて、僕には受け入れることができませんでした。（ちなみに、だれもベルリンの壁があってほしいなんて思っていなかったにもかかわらず、壁が何十年も存在していたというパラドックスに、僕は今でも悩んでいます。）

　ところがドイツ民主共和国がなくなってしまうと、僕は突然もう怒ることができなくなりました。僕はあの国をもう憎むことができなくなってしまったのです。それだけではありません。なんと僕は、目を輝かせてあのころのことを語り始めたのです。国家権力との僕の（まったく成果のなかった）闘いについて、独特のパーティーについて、どこを見ても足りないものだらけだった日常を克服するための数々のアイディアやトリックについて。時間だけは腐るほどあって、お金にはまったく意味がありませんでした。お金があっても買うものなんて何もなかったからです。ドイツ民主共和国には独特の生活様式があって、その生活様式にはたしかにある種の魅力がありました。

　まったくおかしな話です。ほんの数年前まで、僕の周りの人はみんなドイツ民主共和国に悪態をつき、嘆いていたというのに、突然その同じ時代が豊かで満ち足りていたと描写されるようになったのですから。僕が体験したあの時代は「退屈」で「救いのない」時代だったことを、僕は頭では知っていました。けれど知っていることは僕にとってなんの役にも立ちませんでした。あとになってから僕はあの時代を「おもしろく」「重要」だったと感じたのです。

　このパラドックスが、『太陽通り――ゾンネンアレー――』を書いた理由です。感じたことが事実と一致しないという体験をした作家は、作家という職業が与えてくれるもっともすばらしい挑戦の機会を目の前にしていることになります。このパラドックスについて書こうと思って僕が選んだのは、僕の感情の矛盾を体験に基づいて証明するために、過去の時代の残酷な事実へ分け入っていくという一般的な道ではありませんでした。僕がしたのはその正反対です。僕は僕の「あべこべの」感情に興味を持ち、この感情に忠実に、ドイツ民主共和国を実際よりも美しく描写してみようと思いました。ドイツ民主共和国を、多くの人が体験したとおりにではなく、多くの人の思い出の中に存在しているとおりに書こうと思ったのです。

そんなことが日本の読者のみなさんになんの関係があるのかと思われるでしょうか？　もちろん関係はあります。僕は、なぜなにもかも昔のほうがよかったのか、その理由を発見しました。きっと日本でも、昔のことを思い出す人はみんな、昔はよかったと言うにちがいありません。その理由は昔にあるのではなく、思い出にあるのです。

今では僕は、思い出は魂のひとつの器官だと確信するようになりました。ちょうど胃が身体のひとつの器官であるように。思い出は体験を消化し、人間が過去とともに——たとえその過去がわびしい、それどころか悲惨なものであっても——生き、しかも幸福にさえなることを可能にするのです。

自分の身に降りかかった苦難を忘れてしまうなんて、人間というのは欠陥品なのかもしれません。

恐ろしい運命がくりかえさないという保証はまったくないんですから。悲惨な状態を乗り切ったと思ったとたん、突然ノスタルジックになるようでは、進歩なんて可能なんでしょうか？――人間をよりよくしようと思う人たちはみんなそう問いかけます。そしてほんの少しだけ、僕もそういう人たちの仲間です。だからドイツ民主共和国をもう憎むことができない自分に、ときどき腹のたつこともあります。

けれど一方で、思い出がまちがいを起こし得るということは、人間には幸福を感じる能力があるということです。少しも美しくない、それどころか悲惨な過去さえ、人間の幸福な感情の構成要素になり得るのです。記録することと同じではなく、忘れることの反対でもない思い出のおかげで。思い出と忘却は、協力しあう関係です。思い出すことには、忘れることも含まれているのです。

ベルリンの壁では、何百人もの人が例外なく痛ましい状況のもとで命を落としました。そんな場所を舞台にしたコメディーが許されるのかという問いが、この本が出版され、そして同名の映画が公開されたあと、ドイツでは大きく取り上げられ、世論を真っ二つに割りました。ベルリンの壁をこういう形で扱うことは新しく、そして驚きだったからです。

今では強制収容所を扱って成功したコメディーさえあります。壁コメディーがあっていけないわけがあるでしょうか？　きっと現在中東で起こっている紛争についてのコメディーが出てくる日もいずれくるだろうと、僕は確信しています。ただ一つだけ――本質的には悲劇であるこれらのコメディーの対象は、その力をすでに失ってしまっていなければなりませんし、もはや新しい犠牲者が出るようなことがあってはなりません。『太陽通り』は、ベルリンの壁が崩壊する前に書かれていたとしたら、皮肉な本になったことでしょう。

二〇〇二年六月、僕は日本を訪れるという幸運に恵まれました。「微笑みの国」の名にどこまでもふさわしく、人々の親切さで僕をほとんど混乱に陥れたこの国は、ドイツとも、僕の知っているどの国ともまったく違っていました。多くのものが信じられないくらい効果的に機能していて、整然としており、よく考えられていました。面倒くさいと感じるものもありました。たとえば僕は、あんなにおいしいものを、同時にあんなに窮屈な姿勢で食べたことはありません！　けれど、ドイツ人の九十九パーセントが望んでいなかったにもかかわらず、なぜ壁が存在していたのか、と僕に（僕がふつうはいつもされる）質問をした日本人は一人もいませんでした。日本の人にはたぶんもうわかっているのでしょう（僕にはわかっていませんが）。そう、いすに座ったほうが楽だと知っているにもかかわらず、わざわざ床に座って食べるような民族は、多くの人が望んでいるというだけの理由で何かが存続するなんて幻想なんだと、とっくの昔に見破っているにちがいありません。
僕が想像し得る中でもっとも理解ある読者であるみなさんが、『太陽通り』を楽しんでくださったなら、こんなにうれしいことはありません。

二〇〇二年八月

トーマス・ブルスィヒ

訳者あとがき

白状すると、ゾンネンアレーに行ったことがない。ベルリンに住み始めてもう四年目になるのに、旧東ベルリンにあった末端の六十メートルはもちろん、四キロメートルもある、ハインツ伯父さんが住んでいた「ゾンネンアレーの長いほう」にも一度も足を踏み入れたことがない。そのことに、つい最近まで気がつかなかった。自宅からたぶん半時間もあれば着いてしまう距離なのだけれど、日常の生活圏ではないし、わざわざ出かけていく用事があるような場所でもないので、これまで行く機会がなかったのだ。だからわたしの中のゾンネンアレーは、ほとんどの読者と同じように、この物語の中だけのゾンネンアレーだ。

ゾンネンアレーはベルリンの南東部を走る大通りで、小説中にあるとおり、末端の六十メートルだけが東ベルリンに属していた。つまり、最後の六十メートル地点でベルリンの壁が通りを横切っていたということだ。この小説の原題は『Am kürzeren Ende der Sonnenallee』で、直訳すると「ゾンネンアレーのより短いほうの端で」となる。六十メートルの「より短い」ほうに対して「より長い」ほうは四キロメートル。そもそも「より短い」「より長い」などという比較級を使って比べるまでもない歴然とした違いだ。あと六十メートル壁がずれていれば西ドイツ人だったかもしれない、短いほうに住む人々のかすかな悔しさ、そして短い六十メートルで日常生活が営まれるというどうしようもないおかしさが、この「より短い」という比較級に込められているような気がする。本書に限らず、この著者のつけるタイトルはいつも絶妙で、本を読み終わったあとにじわりと味が出てくる。

著者トーマス・ブルスィヒは一九六五年ベルリン生まれ。現在もベルリンに住んでいる。一九九一年、コルト・ベルネブルガーの名前で発表した『Wasserfarben（水の色）』でデビュー。一九九五年トーマス・ブルスィヒという本名で発表した初めての小説『Helden wie wir（我ら英雄たち）』が大きな話題となり、各国語にも翻訳され、ブルスィヒは一躍注目の作家となった。映画や舞台の脚本も手がけ、ドイツ再統一後台頭してきた旧東ドイツ出身の若手作家たちの中でも、ひときわ目を引く存在である。本書『太陽通り―ゾンネンアレー―』（一九九九）は三作目の小説。同じテーマを扱った映画「Sonnenallee（ゾンネンアレー）」（一九九九）も大ヒットした。本書冒頭で著者が感謝の言葉を捧げているレアンダー・ハウスマンは、この映画の監督である。さらに最新作である戯曲『ピッチサイドの男（Leben bis Männer）』（二〇〇一）は、すでに日本語訳で読める（三修社刊）。

東ベルリンに生まれ、東ベルリンで育ったブルスィヒは、まさに物語の中のミヒャやマーリオたちと青春時代を共有している。それだけに、作中語られる数々のエピソードは、どれも突飛で非現実的でありながら妙な説得力がある。映画「ゾンネンアレー」は、出身の東西を問わずドイツを笑いの渦に巻き込んだ。けれど旧東ドイツ人の観客は、旧西ドイツ人の笑わない場面にも爆笑したという。それほど映画の各シーンは、東ドイツでの、暮らした本人たちにしかわからない日常からにじみ出る滑稽《こっけい》さをうまくすくい取っていたということだろう。そして小説では、映画では見られない数々の楽しい、時に切ないエピソード、愛すべき人々が、簡潔で巧みな文章で生き生きと描き出されている。

友情、初恋、音楽、大人の社会への反抗。どこにでもある古典的な青春だ。少年たちの毎日を彩るテーマに、「東」も「西」もない。けれど、街のど真ん中を立ち入り禁止の「死のゾーン」が横切っていて、そのすぐ隣りでごくあたりまえの日常生活が営まれているというグロテスクな現実は、少年たちの日常を否応《いや》なしに特殊なものにしてしまう。「死のゾーン」に飛ばされてしまった初めてのラブレター（のはずだ、とミヒャは信じ込んでいる）は、壁の向こう、すぐそこにあるはずなのに、ミヒャの手には決して届かない。読者は、ミヒャのラブレター奪回作戦の数々に笑わされながら、数メートル先に落ちている私物を拾うことができないといういびつな事実に息を呑む。作中決して直接には語られないが、少年たちの日常の背景にある厳しい現実が、数々のエピソードを通してかいま見えてくる。

小説の背景となっている時代について、少しだけ説明がいるかもしれない。第二次大戦後、ドイツは英米仏ソの四占領地区に分割された。そして一九四九年、英米仏の占領地区がドイツ連邦共和国、つまり「西ドイツ」となり、ソ連の占領地区がいわゆる「東ドイツ」、ドイツ民主共和国となる。ところがこの東ドイツに位置していた首都ベルリンが、さらに四地区に分割されていたのだ。つまりベルリン市内の英米仏の占領区、いわゆる「西ベルリン」は、西ドイツに属していながら位置的には東ドイツにある、ソ連占領地区に取り囲まれた陸の孤島だったということだ。逆に言えば、東ドイツは国の中にぽつんと小さな外国を抱えていたことになる。西ドイツの首都はボンに移ったが、東ベルリンは東ドイツの首都であり続けた。一九六一年、東ドイツは東西ベルリン間の交通を遮断、境界に「ベルリンの壁」を構築する。壁は、構造的には陸の孤島西ベルリンをぐるりと取り囲んでいたのだが、実際には東ドイツ人を西に逃がさないために存在していた。だから西ドイツ人のハインツ伯父さんはパスポートを見せればいつでも壁を越えて東ベルリンに来られるが、クッピシュ一家は（ハインツ伯父さんのお葬式など特別の場合以外は）壁の向こうへ行くことができない。ベルリンの壁の向こうにもベルリンの街は続くのだが、そこはもう資本主義の外国だった。東ドイツはソ連の管理下にあり、一般市民は、一部の社会主義諸国を除いて国外へ出ることはまず許されなかった。クッピシュ氏が目の敵にしていた「シュタージ」こと国家公安局が張り巡らせた監視網の下、体制批判が身の危険を招く全体主義社会だった。

一九八九年、ソ連でのゴルバチョフのペレストロイカを受けて高まった東欧社会主義諸国の民主化要求運動の中での、ベルリンの壁の劇的な崩壊は、まだ多くの読者の記憶に新しいできごとだろう。『太陽通り』の最後の場面で、ゴルバチョフを連想させる額にあざのあるロシア人が、トラバントから魔法のように赤ん坊を取り出す。きたるべき新しい時代を予感させる幕切れだ。だがこの物語の中では、まだだれもその新しい時代を見てはいない。そもそも、七〇年代後半から八〇年代前半の雰囲気を強く漂わせてはいるが、いったいこの物語の舞台となるのは何年から何年までなのか、著者はあえて特定していない。

というのも、『太陽通り』は歴史の教科書ではなく、もちろん著者の自伝でもなく、徹頭徹尾フィクションだからだ。チャーチルの冷めた葉巻にスターリンが火をつけたという事実は（おそらく）ない（だろう）し、死のゾーンにはラブレターが引っかかるようなやぶはあり得ない。著者自身があとがきで述べているとおり、この小説のテーマは人間の「思い出」だ。翻訳中、著者に数々の疑問をぶつけるわたしに、彼はこの物語の東ベルリンは思い出の中の東ベルリンであること、だから作中よく見ると数ある矛盾やあいまいな点は、人間の思い出につきものの矛盾や混乱なのだということをくりかえし強調した。思い出の中の死のゾーンには、やぶがあってもいいのだ。

大人になった少年たちを想像してみることがある。一晩で書き上げた膨大な日記がきっかけで、ミヒャは（著者のような）作家になったのだろうか。ミリアムとの恋は実ったのだろうか。そして、彼らはみんないまだにゾンネンアレーのはしっこに住んでいるのだろうか。「思い出」は幸福の鍵だと、著者はあとがきで述べている。あえてつけ加えるなら「想像力」も同様かもしれない。東ベルリンの思い出を持たないわたしにとって、ゾンネンアレーは想像上の通りで、そこではミヒャやミリアムやクッピシュ夫妻が、今もどたばたと生きている。だから、ドイツ再統一後、ほかの通り同様すっかり変わってしまったであろう現実のゾンネンアレーに無理して行くことはないのだと、怠惰な自分に言い訳している。

最後に、『太陽通り』に愛情を抱いてくださり、出版を実現させてくださった三修社の木下博恵さんに心からの感謝を伝えたい。企画の段階から脱稿まで、明るく力強く支えていただいた。この場を借りてお礼申し上げる。

二〇〇二年九月 ベルリンにて

浅井晶子

著者紹介

トーマス・ブルスィヒ Thomas BRUSSIG

1964年ベルリン(東)生まれの作家・劇作家。高校卒業後、建築作業の専門学校に通いながら大学入学資格を取得。以後、美術館の受付、皿洗い、旅行ガイド、ホテルポーター、工場作業員、軍役、外国人ガイドを経て、大学で社会学を学ぶ。大学中退後、コンラート・ヴォルフ映画専門学校で劇作法、演出法を学ぶ。
1991年、小説『Wasserfarben(水の色)』で作家としてデビュー。『Helden wie wir(僕ら英雄たち)』(1995年)で国際的な名声を得た。他の代表作に『Am kürzeren Ende der Sonnenallee(太陽通り)』『Leben bis Männer(ピッチサイドの男)』『Schiedsrichter Fertig(サッカー審判員フェルティヒ氏の嘆き)』などがあり、ドイツ民主共和国(東ドイツ)時代をサブカルチャーの視点からユーモアとともに描く作風で、東ドイツ出身のもっとも人気のある作家のひとり。その作品は30か国以上の言語に翻訳されている。映画、演劇、ミュージカルの領域でも高く評価され、1999年に映画「Sonnenallee(太陽通り)」の脚本でドイツ脚本賞、2005年カール・ツックマイヤー賞、2012年ドイツコメディ賞など、さまざまな賞を受賞している。

訳者紹介

浅井晶子(あさい しょうこ)

1973年生まれ。京都大学大学院人間・環境学研究科単位取得退学。訳書にベルクマン『トリック』、ゼーターラー『ある一生』(以上新潮社)、タシュラー『国語教師』(集英社)ほか多数。2003年、『太陽通り』にてマックス・ダウテンダイ翻訳賞受賞。

太陽通り ゾンネンアレー

二〇〇二年十一月十五日 第一版第一刷発行
二〇二〇年 三 月十二日 第一版復刻版発行

著 者 トーマス・ブルスィヒ
訳 者 浅井晶子
発行者 前田俊秀
発行所 株式会社三修社
〒一五〇-〇〇〇一
東京都渋谷区神宮前二-二-二十二
電話〇三-三四〇五-四五一一
FAX〇三-三四〇五-四五二二

カバーデザイン・本文組版 南風舎
カバー挿画 宮澤ナツ

ISBN978-4-384-72105-8 C0097